Aos que amaram em silêncio.

Que foi que disseram? Não se sabe. Sabe-se apenas que se comunicaram rapidamente, pois não havia tempo. Sabe-se também que sem falar eles se pediam. Pediam-se com urgência, com encabulamento, surpreendidos.

Tentação, Clarice Lispector

EU

Caminha desatenta em ziguezague. No sofá, minha mãe dorme. A televisão está ligada com volume baixo. A formiga continua sem saber aonde ir. Os descaminhos dela me irritam. Coloco dedos na frente da formiga. Muda de rumo. O corpo que me expeliu se mexe no sofá. Meu coração pulsa rápido. Seguro a respiração por alguns segundos. Não acorda. Inseto idiota. Insiste em andar na superfície lisa como se estivesse num labirinto. A irritação chega ao ápice, esmago a formiga com o indicador. A insignificante vida acaba entre o calor pulsante do dedo e o frio impessoal do vidro. Para a formiga, fui Deus: decidi quando e onde seria seu fim. Ao esmagá-la sem piedade, queria fazer desaparecer a mim, tão desnorteado quanto o minúsculo ponto a vagar sobre a transparência.

Minha mãe se mexe outra vez e derruba o controle da televisão. Acorda com o barulho.

– Sou gay.

O torpor do despertar, aliado ao peso da declaração inesperada, a mantém inerte. Aperta os olhos. Tenta se convencer que está mesmo acordada.

– Disse alguma coisa?

– Sou gay.

[silêncio]

Preferia que tivesse gritado. Não há como reagir ao silêncio.

Meu irmão estava no quarto, suspeito que ouviu a declaração. Nunca comentou. Dos meus desencaixes, esse talvez fosse o menos incômodo para ele. Quem sabe, em seu pensamento, até justificasse a limitada interação que mantínhamos.

Minha mãe levantou do sofá, calada. Foi à cozinha. A porta da geladeira abriu e a água encheu o copo. Bebeu fazendo mais barulho que o necessário.

Continuei sentado. Cotovelos apoiados na mesa de vidro, observando o cadáver da formiga. Apático. Tentava me proteger depois do desabafo repentino.

Que insanidade contar assim, de surpresa. Foi como tive coragem: sem cerimônia, quando minha mãe estivesse despreparada.

O fundo do copo tocou o mármore da pia com eco agudo.

Os pés nus arrastados em passos pesados. Parou ao lado da porta. Encarou-me com olhos desfocados e pronunciou em tom sério:

– Precisa de ajuda.

Calçou os chinelos encostados no sofá. Pegou o controle do chão. Arremessou no colo espumado da poltrona. Desapareceu no quintal, talvez para arejar a cabeça abafada por infinitas interrogações.

...

O "assunto" permaneceu intocado por dois dias, até receber a ordem no café da manhã:

– Vá à igreja se aconselhar.

Às 15 horas, estava na secretaria paroquial.

O sorriso de boneco de ventríloquo e a entonação benevolente do padre sempre me irritavam. Por ser alvo direto do julgamento, a impaciência foi ainda maior.

– Conte o que está acontecendo.

[silêncio]

– Sua mãe comentou que está confuso.

[silêncio]

Conversaria com o padre, ou com quem fosse, desde que tomasse a iniciativa. Nunca suportei intermediários falando por mim.

O padre estava desconfortável com minha apatia. Fingi ajeitar a calça, passando a mão na perna.

– Nessa idade, é comum ter dúvidas e confusões – tentou emendar.

– O senhor resolveu suas dúvidas e confusões?

– Não estamos aqui pra falar de mim – engoliu seco.

– Uma pessoa sem resolver as próprias questões não deveria orientar ninguém.

O padre se impacientou, sem alterar o tom de voz:

– Só posso ajudar quem tem coração quebrantado pra ouvir.

Me olhou com uma paixão desdenhosa. Fiz menção de levantar.

– A casa de Deus está sempre aberta. Rezarei pra que ilumine seu caminho.

– Nosso caminho – complementei ao ficar de pé.

Saí apertando os olhos. A claridade da rua contrastava com a penumbra da sala paroquial.

Minha mãe nada perguntou. Sabia que responderia evasivo, se respondesse. Preferiu esperar o diagnóstico do padre.

Em casa, nunca fomos de conversar, sobretudo assuntos sérios. Mesmo quando estávamos com cara de constipação, ninguém perguntava o que ocorria. Não que cultivássemos indiferenças, pelo contrário. Talvez a falta de encenação familiar fosse nosso atestado de amor. Apenas não sabíamos o que dizer.

Eu e meu irmão herdamos a incapacidade de falar sobre sentimentos. Evitávamos até pensar que havia necessidades além das orgânicas. Crescemos fugitivos nos próprios corpos. Por esse motivo, nos entendíamos bem sem nada dizer.

Noite de missa. O jantar ficou pronto cedo. Mais do que pedir perdão pelos próprios pecados, minha mãe precisava saber se eu tinha salvação.

Sentamos todos à mesa: eu, meu irmão, minha mãe e a ausência do pai na cadeira vazia. Jantávamos juntos, foi assim desde sempre.

– Já sabe pra que vai prestar vestibular? – indagou com interesse materno.
– Odontologia – meu irmão respondeu, orgulhoso.
Sorriu. Preságio de boa sorte pela escolha. Ela sorria pouco. Não que fosse triste, mas carregava semblante solene, contrastante com os retratos da juventude, quando a ilusão dos ímpetos a fazia expor os dentes. Em alguma esquina, perdeu-se de si, talvez por isso se preocupasse tanto com os filhos.
Nas fotografias, os pais parecem mais felizes antes de se reproduzirem. Depois depositam esperanças e sonhos nos sucessores. Esquecem de viver e encenam o teatro familiar: passam a viver para os filhos. Os filhos crescem querendo alcançar os anseios dos pais. Acabam todos insatisfeitos.
Para aplacar as angústias, minha mãe se entregou à religião. Não sei se salvação ou calvário.
– Deus abençoe sua escolha – disse a meu irmão com carinho. – E você, o que quer fazer da vida? – direcionou o olhar para mim.
– Tenho dois anos pra decidir.
Mal desconfiava que por muito tempo não saberia. Queria apenas gastar as horas com livros e estudos de música. Faltava-me qualquer ímpeto de ser útil.
Como esperado, ela procurou o padre depois da missa.
Desconheço o que ouviu, mas apresentava lábios cerrados ao chegar em casa. Ela nunca tolerou minha incredulidade. Quando decidi que deixaria de ir à missa, soube que eu teria vida atribulada. Ou melhor, seria a atribulação cética a martirizar a cabeça da mulher que necessitava crer para continuar viva. Mesmo que não soubesse ao certo em que acreditava.

...

Desde que contei sobre mim, o fantasma do pai voltou a rondar a casa. A angústia de minha mãe o ressuscitou. Numa tarde, quando cheguei mais cedo da escola, vi que segurava o porta-retratos da estante, braços sobre a mesa da cozinha.
Caminhei para o quarto sem fazer barulho.
O espectro do finado pai me invadiu e remexeu lembranças. Eram poucas as recordações que guardava. Ele estava sempre trabalhando. Quando ficava em casa, pouco interagia. Passava as horas assistindo TV. Ou melhor, impacientando-se com a programação. Mudava o canal de cinco em cinco minutos. O precário diálogo que mantínhamos girava em torno do rendimento escolar. Não que se preocupasse com o aprendizado, era prestação de contas pelo investimento.
Como bom pai, nunca se importou com questões da vida doméstica, o que incluía os filhos e os sentimentos da mulher. Tinha por obrigação colocar comida na mesa e pagar contas. Minha mãe que cuidasse dos afetos, responsabilidade demasiada para quem sequer conseguia arrastar as âncoras da própria existência.
A ausência daquele homem que ocupava o papel destinado ao pai se espalhou. Ele estava em casa desde antes de eu nascer e, um dia, sem nenhum aviso, deixou de ocupar a poltrona da sala.
Para meu irmão, a morte do pai foi nocaute. Golpe duro para o menino que olhava aquele homem como modelo, mesmo que o heroísmo fosse sustentado pela ilusão infantil a substituir o déficit paterno pela exaltação do que idealizava dele. Tornou-se o melhor aluno e especialista em futebol, só para ter assunto com o pai. Eu, desinteressado no esporte, carecia do que falar.
Cada um, a seu modo, foi atingido pela extinção do pai. Mas sei que minha mãe foi a maior afetada. Além de arcar com a

criação dos filhos, sem a ausência presente do marido, precisou reordenar a vida para manter a casa. Criança, não pude perceber as dificuldades dos primeiros dias com a cadeira vazia no jantar.

Tornou-se outra mulher depois de viúva. A discrição se transformou em resignação. A timidez enraizou como insegurança. Ela, bastante reservada, acabou isolada, quase inacessível.

Por mais estranha que fosse a relação dos meus pais, pareciam felizes do jeito deles. Falavam pouco quando eu ou meu irmão estávamos por perto. Mas das vezes em que investiguei o que faziam na intimidade, descobri que eram próximos longe da vista dos filhos. Com a porta do quarto fechada, a noite era marcada por conversas, algumas risadas e gemidos.

Quando o pai morreu, encarnou o papel de viúva. Motivo pelo qual blindou o coração contra a possibilidade de outro homem. Isso passou a atormentá-la depois da revelação. Culpava-se pela falta da figura masculina quando atravessei o limiar entre a infância e a adolescência. Achava que eu não seria aberrante se tivesse homem em casa para servir de modelo. Pobre minha mãe, igual a todas as mulheres, atormentada por culpas que nunca teve. Além do peso do marido morto, lidar com o pensamento de que o filho não teria estragado se outro homem ocupasse o lado vazio da cama era torturante demais.

...

Mandou que me arrumasse. Nem esbocei curiosidade, era comum ser convocado para acompanhá-la em expedições. Portava-me como excelente pajem. Ficava atrás dela, suporte com pernas para carregar sacolas. Sempre fui o filho mais próximo, ainda que distante. No julgamento público, por ser caçula mimado. O diferente, por não gostar de futebol como o irmão. O estranho, por ocupar o tempo estudando partituras. Menino sensível, diziam. E isso era condenação, não elogio.

Andar com minha mãe me comovia. Admirava certa beleza renascentista em sua condição de mulher viúva a ser cumprimentada na rua com olhares de compaixão. Gostava de observar seus gestos e movimentos. Era linda em seu desencaixe, braços a ponto de descolar dos ombros quando voltávamos carregados de sacolas da feira. Ou quando parava em frente às prateleiras do supermercado, contemplativa, como se os produtos fossem artefatos de veneração.

Naquela manhã, saí com ela mais uma vez sem questionar. Segui feito sombra silenciosa. Desajustada sombra tropeçando nos próprios pés. Fazia calor, o sangue agitado. Andávamos rápido na tentativa de escapar do sol. O corpo em ebulição fervia gotas. Brotavam pelos poros em minúsculas nascentes salobras.

Depois de muito caminhar, chegamos a um prédio comercial. Ao atravessar a porta de vidro, passamos por salão de cabeleireiro, corretor de imóveis, escritório de advocacia, agência de design gráfico e salas sem identificação.

A ascensorista perguntou qual andar. Sorriu, mostrando o canino desalinhado na arcada superior. Subimos ao quarto andar. Só então entendi o destino da jornada.

Disse meu nome à recepcionista. Esperamos no sofá. O ar-refrigerado fez evaporar o suor do rosto. Secou deixando leve máscara de sal e poeira. Encarei minha mãe com expressão inquisidora. Revidou com segurança, como se estivesse tomada por alguma certeza. Foi boa a estratégia de me arrastar ao consultório sem avisar. Não iria de outro jeito.

Ela me olhou outra vez. Ofereceu meio sorriso crédulo. Passou a mão na minha testa e desfez a maquiagem de poeira e sal.

Estava impaciente quando a porta de correr branca se abriu. Uma moça alta, saiu com olhos úmidos. A psicóloga, rosto neutro de manequim na vitrine, chamou meu nome.

Minha mãe levantou e me arrastou pela mão. Relatou que eu estava com um problema e que precisava de ajuda e que o padre tentou conversar comigo e que fechei os ouvidos e que ela tinha fé que saberia me ajudar. Nunca falou tantas palavras de um só fôlego.

A psicóloga percebeu a euforia. Pediu que ficasse tranquila.

– Farei o possível.

Sorriu e me convidou para entrar. Minha mãe acompanhava quando foi interpelada:

– A senhora aguarda aqui fora.

– Preciso contar o que está acontecendo com meu filho – disse suplicante.

– Ele falará sobre o que sentir necessidade.

Recuou, frustrada. Por desconhecer os procedimentos psicanalíticos, imaginou a consulta como evento no qual teria a oportunidade de ouvir tudo sobre as coisas que nunca conversamos.

A sala da psicóloga estava mais fria do que a recepção. Fiquei encolhido, nem tanto pelo frio, mas pelo constrangimento de ser avaliado por alguém que sequer sabia meu nome sem consultar o cadastro de pacientes.

Chegar ali, desavisado, atestava a falta de controle de estar em mim e no mundo. Artimanha da minha mãe, que me atraiu para a emboscada.

– Prefere deitar no divã ou sentar? – apontou para a poltrona, que aparentava ser confortável.

Jamais deitaria na frente da desconhecida. E a suspeita sobre a poltrona se confirmou: muito confortável. A bunda foi a única parte bem acomodada.

A psicóloga fez perguntas que não recordo. Estava mais preocupado em julgá-la do que em ouvir ou responder. Pagar para ter quem me escutasse, que patético. Era dar o lanche a criança gulosa para conseguir companhia no recreio.

O que a psicóloga pensava de si para se colocar na posição de ajudar alguém? Claro que fazia catarse dos próprios problemas ouvindo as desgraças alheias. Fui sucinto nas respostas, o que a obrigava a improvisar mais perguntas. Muitas perguntas. Perguntas além da conta.

Anotava qualquer coisa em um caderno. Não bastasse me expor, precisava registrar, como ata de reunião de condomínio.

Queria ir embora dali.

A mulher com cara de professora de catecismo começou a me irritar. O pensamento gritava na cabeça. Ela desobedecia à ordem cristã de não julgar, portanto estava liberado para julgá-la sem culpa. Julguei ser péssima profissional, incapaz de ultrapassar meu labirinto de autodefesa. Julguei ser péssima esposa, transando sem vontade para satisfazer os caprichos egoístas do marido. Julguei também atuar como péssima mãe, fazendo vontades dos filhos para compensar a ausência cotidiana. Julguei ainda ser péssima mulher. Quem já viu andar com corte de cabelo tão anacrônico? Que tipo usa sapatos de bico quadrado com saltos parecendo pés de sofá? Proibi-me de contar minhas angústias para alguém com unhas decoradas.

Parte do julgamento foi abaixo quando vi a mão sem aliança.

A consulta era inquérito chato que ocupava meu tempo de estar desocupado. Só não fiquei mais aborrecido por ver naquele transtorno a tentativa da minha mãe lidar com os próprios dilemas.

A psicóloga insistia em estimular algum diálogo. Eu respondia aleatório, como se as falas fossem geradas em boca anestesiada no dentista. Sem êxito, acabou o interrogatório.

– Nos vemos semana que vem, no mesmo horário.

No sofá, ao lado da minha mãe, uma menina com tronco maior do que as pernas. Outra desajustada em busca de conserto. Saí do consultório e fui seguido pela voz ansiosa:

– Você chorou?

Achava que chorar era elixir de qualquer mal. Até Cristo chorou suas aflições, ela dizia.

Expirei com força, impaciente. Caminhamos sem nada dizer. A ordem se inverteu: minha mãe quem me seguia como sombra angustiada.

– Estou com fome – reclamei.

Paramos em uma lanchonete. Comi coxinha, mesmo sem gostar. Sempre digo isso, mas por qual motivo falo que odeio coxinha se quando como é melhor do que imaginava?

...

Depois do primeiro encontro frígido, voltei ao consultório mais três vezes, sozinho. O ritual repetitivo: pergunta chata, resposta evasiva. Fale sobre _____ [preencher com qualquer coisa], narrativa desencontrada. Sobre ser gay, nunca falei. Minha mãe gastou dinheiro à toa.

A única vez que aconteceu algo fora do roteiro foi quando a psicóloga disse para pensar em algum episódio da infância. Após um tanto de silêncio, comecei a rir descompassado. Ela pediu que relatasse a lembrança. Enquanto ainda ria, contei do dia em que comíamos macarronada no almoço de domingo e o pai espirrou ao engolir uma garfada mal mastigada. Acabou com macarrão pendurado no nariz. Foi a coisa mais engraçada que ele fez, ainda que involuntário. Ficou tão ridículo balançando a lombriga de macarrão que todos rimos. A gargalhada coletiva quebrou a seriedade do pai, que riu de si mesmo. Foi o melhor almoço que tivemos.

Quando percebi que contava essa história para a psicóloga, soube que começava a me invadir. E justo por causa do riso, que me descontrola.

Traía-me ao entregar fragmentos da intimidade à desconhecida. Ela encontrou o fio em meu labirinto. Precisava impedir que adentrasse mais. Quando cheguei em casa, contei resoluto: não voltaria ao consultório.

Pedi que no lugar da terapia pagasse aulas de violoncelo.

...

Frustrada mais uma tentativa de ser tratado do mal que eu não tinha, minha mãe nunca mais tocou no "assunto". Nunca mesmo. Enterrou como gato que esconde as próprias fezes. Continua lá, debaixo do amontoado de areia, o importante é fingir que não está vendo. Em sua dissimulação, nunca a acordei esbofeteando seus ouvidos com a declaração ecoante: Gay? Gay! Gay...

Recluso no quarto da adolescência, reencontro medos. Muitas ausências. A falta se torna dilacerante e do vazio ecoam questionamentos.

Quando comecei a ser eu? Fui mais eu ontem ou sou mais eu hoje? O que de mim sou eu? Como posso ser eu sendo pedaço de tantos outros?

É incômodo ser já homem e seguir atormentado pelas inseguranças da adolescência. Encontro-me suscetível. Faço escavações na tentativa de encontrar algum sentido. Garimpo nas lembranças a mim, que desacostumei a ser sozinho.

Escovo os dentes. Tento manter o mínimo de sanidade para estar à mesa.

O espelho continua a jogar na cara a imagem que busco esquecer. Não julgo se feia ou bonita, apenas incômoda. É importuno me ver pela inquietação de ser isto que talvez eu seja. Suspeito que só pessoas com graves distúrbios se sintam confortáveis ante o próprio reflexo.

Sou obrigado a enfrentar a testa estranha, que tantas vezes tentei esconder embaixo de boinas, bandanas e bonés. Até experimentei vários cortes de cabelo ao longo dos anos, só para tentar disfarçá-la. Mas sempre encontra jeito de aparecer. A vergonha encarnada me constrange a andar com a cabeça baixa. Talvez venha daí a falta de coragem para encarar as coisas e sempre fugir. Tentam me convencer de que não há nada errado. É apenas testa, dizem. Não adianta, sinto como parte exposta a atrair olhares. Pode ser que tenha canalizado na fachada lisa o encargo de ter um rosto. Talvez as sobrancelhas quase inexistentes me fragilizem. Ou quem sabe tome a testa por metonímia, parte que representa todo medo do que tem dentro, no vórtice da cabeça.

Encaro-me desconfiado. A projeção no espelho me acusa de impostor. Vejo orelhas proeminentes, nariz um pouco achatado, boca fina como que desenhada a bico de pena. Sorrio com dentes de criança, o que me dá certo ar pacífico. Olhos pequenos, pálpebras sem dobras, acompanhados por sobrancelhas esfumadas, que parecem estar apagando. E a testa estranha, fora do contexto. Moldura barroca em fotografia contemporânea. Médio, magro, desencaixado. Vestido de pele bege, desbotado. Cabeça pesando sobre os ombros. Ainda mais pesada com a armação dos óculos, que parece sobrar na cara. Ando com camisetas de algodão de golas gastas e as mangas com duas dobras.

Minha mãe terminou o almoço e me chamou. Há dias tenta preencher meu vazio com comida. O fastio permite comer algumas garfadas por obrigação. Ela me assiste em pesarosa contemplação.

Volto para o quarto, onde me esvazio escrevendo lembranças. Os desencaixes da existência espalhados pelo chão. Que fazer submetido a tanta falta?

...

Quem olha para mim tem certeza de que fui adolescente desencaixado, sem amigos, a desejar que uma bomba explodisse durante o recreio, para que cabeças rolassem soltas do pescoço feito bolas de boliche. O engano é total. Gostava de ir à escola observar a fauna em formação. E, mais que isso, gostavam de mim. Não que fosse popular. Também estava fora do estrato dos que levavam chutes no saco ou empurrões na porta do banheiro.

Ocupava espaço neutro: nem amado, tampouco odiado. Sabia interagir se necessário, ser engraçado até. Mas preferia estar quieto, observando através dos óculos de grau. Desenvolvi a capacidade de ficar concentrado em meio à algazarra, por isso aproveitava maior parte do tempo escolar desenhando ou lendo romances inadequados para a idade.

Ao contrário dos outros, não corria para levantar as saias das meninas no recreio. Ficava em qualquer canto, acompanhado do caderno de desenho. Nem o beijo inesperado, roubado pela loira da 6ª B, foi capaz de despertar a euforia dos hormônios.

Ficava entretido entre desenhos, livros e partituras, sequer pensava em bocas, peitos ou gemidos. Meu gozo era estar longe das perturbações.

Os anos da adolescência não passaram brancos, no entanto. Tive rebeldias, como trair a música clássica com nova paixão: Melora Creager e sua banda folk music de violoncelos; as primeiras leituras dos russos, com arroubo avassalador por Nabokov e sua Lolita; e o pequeno martírio que minha mãe passou a sofrer: eu saía da escola e perambulava pela cidade, sem hora para chegar em casa.

Naquela época, tive o único embate sério com ela.

Aborrecido por dar satisfação toda vez que chegava tarde da rua, reivindiquei a cópia da chave.

– Crie juízo, nem seu irmão tem a chave – tive que ouvir.

Pouco me importava que ele fosse bocó e não reclamasse autonomia. Queria uma cópia, estava decidido.

No jantar do dia seguinte, argumentei sobre a necessidade de ter a própria chave. Meu irmão assistiu calado, mastigando um pedaço de pão.

– Não!

Levantei sem terminar o café.

Fiquei três dias sem falar qualquer palavra em casa. Até a noite que cheguei da escola e em cima da mesa estavam dois chaveiros. Peguei a chave e guardei no bolso da mochila. Meu irmão ganhou o despojo da briga que não comprou.

Minha mãe temia meus arroubos de indiferença. Enquanto os outros meninos tentavam ganhar no grito, eu utilizava o silêncio como arma. Não era desprezo ou desdém. Silêncio, puro, branco e enlouquecedor, feito toneladas de neve. Camadas e camadas de silêncio que se amontoavam até ecoar o estrondoso grito do vazio. Sem amor, ódio, ou qualquer demonstração de sentimento. Silêncio que se fazia doloroso por evocar a ausência de afeto.

Temendo que eu nunca mais esboçasse alguma reação, cedeu. Ela nunca admitiu, mas logo percebeu que foi decisão acertada. Não precisava acordá-la quando chegava tarde da rua. Aprendeu a se despreocupar. Treino que foi fundamental para quando meu irmão e eu fomos embora de casa.

Se as mães relembrassem o prazer que é dormir sem filhos, dariam um jeito de colocá-los para fora depois que aprendessem a limpar a bunda. O problema é que se acostumam com o tormento de acordar de madrugada para serem sugadas. Confundem egoísmo infantil com necessidade e abdicam da própria vida como ato de amor. Mães, eternas mártires sem condecoração.

...

Na escola, além de observador, era também observado.

– Que faz depois da aula? – perguntou tentando emparelhar.

[silêncio]

– Vive caminhando sem destino.
– Está me seguindo? – falei impaciente.
– Não sigo, observo.

Descobri, após a abordagem inesperada, que ele também perambulava sem rumo. Demorava a ir para casa tentando adiar os sermões sobre boa conduta e obediência. Estava duas séries à frente e, ao contrário de mim, não gastava as horas em vão. Saía pelas ruas registrando as ruínas, a deterioração, o tempo, o vazio, as poças d'água, as nuvens. Queria ser fotógrafo e ter uma banda de rock alternativo. O pai insistia que cursasse

Direito. Pensava em fugir e ir morar na Inglaterra. Ou Irlanda. Podia ser Nova Zelândia.

Talvez o vi anônimo em meio ao mostruário de rostos da escola, mas sua existência passou despercebida. Se não tivesse protagonizado a abordagem na saída, nunca teríamos nos falado.

Alto, loiro e magro, sobrando na camiseta do uniforme. Olhos claros, que naquele entardecer podiam ser verdes, ou azuis, ou castanho-claros. Só outro dia certifiquei: eram de um azul desmaiado, quase cinzas. Lábios finos e caninos pontudos lhe davam ar de lobo. Porém, o que chamou mesmo minha atenção foi o nariz: imperativo, desaforado, como se estivesse pronto para briga. A arquitetura nasal conferia certa expressão violenta, contrastante com a serenidade dos olhos claros.

...

No intervalo, aproximou-se. Desconheço que estranho magnetismo carregava, no entanto, não o repeli como costumava fazer. Relaxei os ombros, sinal de aceite ao contato inesperado.

– Você desenha? – apontou para minha mão.

Fiz que sim com a cabeça, apertando o caderno e desviando os olhos.

– Posso ver?

A pergunta foi tão constrangedora que poderia ter sido: "Qual o tamanho do seu pau?". Entreguei o caderno, acanhado. Ele folheou, olhando cada desenho sem pressa. Esboços de retratos, arranjos gráficos e alguns traçados decorativos.

– Desenha bem. Quer ser artista?

Desajeitado, sequer agradeci. Faltava técnica, rabiscava o que fervilhava na cabeça. Por isso foi tão íntimo ter alguém olhando para eles. Aliás, olhando para mim, desnudado ante o semiestranho.

– É só passatempo.

O sinal tocou. Devolveu o caderno e nos dirigimos à sala, sem cerimônia. Quando estava de costas, voltou-se para mim:

– Meu nome é Thiago – e saiu sem esperar resposta.

No resto da tarde, faltou concentração para a aula de Geografia. Pensava no menino de nariz agressivo: Thiago.

Quando acabou a aula, saí desconfiado, tentando desaparecer em meio ao alvoroço. É fácil ser imperceptível, todos se preocupam em olhar os próprios pés. Para minha surpresa, ele estava à espera, ao lado do portão.

– Quer conhecer um lugar?

Fiz que sim com a cabeça. No caminho, falou sobre a semelhança da professora de Português com uma poltrona, as roupas estampadas maiores que o corpo. Ri, o que motivou Thiago a contar mais histórias sem noção. Ele apresentava certa graça boba, contrastante com o silêncio que eu carregava. Essa diferença me impelia a querer estar perto dele.

Rumo ao desconhecido, fotografou coisas estranhas com a velha câmera analógica, que aparentava pesar tanto quanto minha cabeça.

Andamos por ruas estrangeiras até o hospital abandonado. Portas quebradas e vidraças estilhaçadas, bastava se esgueirar por qualquer buraco para entrar.

A luz fraca se espalhava pelas frestas, projetando sombras alongadas. Poeira e limo cobriam o chão. Ar sufocante, umidade abafada com cheiro de urina e fezes.

Ao perceber meu receio, agarrou-me pelo braço. Subimos a rampa escorregadia e chegamos ao primeiro andar, um pouco mais salubre que o térreo. Os últimos raios de sol entravam sem força, alaranjando os azulejos encardidos das paredes.

– Fique ali – apontou para o vão que algum dia foi janela.

Sem entender o pedido, obedeci. Tirou a câmera da mochila e roubou aquele que seria o primeiro retrato de muitos.

O sol apagava rápido, o que nos obrigou a sair logo. Ao passar pela rampa, escorreguei, e só não caí porque me segurou. Mais um passo e nós dois escorregamos. Fomos amparados pela parede. Eu esmagado entre o azulejo e o corpo magro. Estávamos tão próximo. Beijo. Acabou em beijo. Não sei se o beijei ou se ele me beijou. Talvez tenhamos nos beijado, recíprocos. Quanto tempo dura um beijo? Na recordação, mais tempo do que de fato foi.

Gostaria de dizer que houve crise, que aquele beijo trouxe a revelação que mudou a vida. Isso não aconteceu. Descobrir o desejo por homem foi como provar doce de leite e gostar. Não mudava o que eu era, apenas acrescia qualquer coisa que só dizia respeito a mim. A surpresa foi encontrar brecha por onde podia ser invadido. Não tão impenetrável quanto julgava ser.

Na volta, falou as mesmas aleatoriedades que conduziram o caminho de ida. Eu ria, relembrando o encontro das bocas. Ele achava que me divertia com as piadas. Era bom beijar, eu pensava.

...

Depois daquele beijo nas ruínas do hospital vieram tantos outros. Outros muito mais relevantes. A curiosidade costuma recair sobre a história do primeiro beijo, no entanto, importa ter certeza de que o último foi melhor que o treinamento mal articulado de dentes batendo do primeiro.

Na conversa inesperada na saída da escola, encontrei meu primeiro amigo. Acabou sendo também paixão, por sorte, correspondida.

Depois que comecei a conviver com Thiago, saí da redoma e conheci outros pedaços do mundo. Deixei de estar sozinho, acompanhado dele, que me fazia rir das banalidades e com quem dividia trajetos errantes. Passamos a ir cada vez mais longe, sempre acompanhados da velha câmera.

Fizemos planos. Vários planos. E chegamos a executar alguns. Servi de modelo para incontáveis fotografias. Tocamos juntos, inclusive em apresentações públicas. Eu, que não queria mostrar um caderno tosco de desenhos, acabei em palcos improvisados com o cello.

Cogitei ser músico. Compunha e tocava meus próprios arranjos. Conhecemos pessoas. Viajamos para novos lugares. Ele sempre fotografando ruínas, poças d'água e nuvens. Fiquei diferente. A mudança foi tão perceptível que minha mãe aproveitou a abertura para conversar mais comigo, sobretudo depois que meu irmão passou no vestibular.

Nem quando Thiago foi para a universidade as coisas mudaram muito. O curto trajeto entre Arapongas e Londrina permitia que nos víssemos com frequência. Além disso, a distância parece dar força ao desejo. Como se as raízes se fizessem profundas com a ausência do corpo.

Víamo-nos todos os finais de semana, quando ele voltava para a casa dos pais. Ou nos encontrávamos em Londrina, quando mentia dizendo que ia visitar meu irmão. Ele continuava a fingir saber de nada, mesmo quando Thiago e eu ficávamos trancados por horas no quarto.

...

O afastamento durou pouco. Logo chegou minha vez de escolher algum futuro no catálogo de cursos. Podia ter optado por Música, Artes Visuais ou até Design Gráfico, mas fiz escolha sem sentido: História. Passei. Só queria ficar perto de Thiago, a faculdade era a menor das preocupações.

Deixei minha mãe sozinha, acompanhada pelas lembranças do marido morto. Fui morar com o íntimo desconhecido com quem dividia a vida desde criança.

Mudei com todas as tralhas: caixas de livros, gravuras, desenhos, violoncelo e piano, que ocupou a maior parede da sala.

Meu irmão poderia dizer impropérios por eu ser estranho e por comer o que ele deixava no armário ou na geladeira. Se existem várias formas de demonstrar amor, ele provava repondo as comidas, sem fazer questão por nenhum biscoito, chocolate ou pratos congelados, que consumi durante anos sem agradecer. Quando cozinhava, fazia para dois.

Apesar de não sermos amigos, éramos bons irmãos. Ambos sabíamos honrar a herança de família: o silêncio.

...

Tudo ia bem, até Thiago decidir fazer mestrado em São Paulo. Cogitei continuar a distância, ele preferiu que ficássemos livres.

Em vez de aproveitar os últimos momentos juntos, acabamos nos desentendendo por banalidades. Ele foi embora. Deixamos de nos falar.

Fiquei uma confusão, revoada de tantos pensamentos na cabeça. Estava tão acostumado a estar com Thiago que desaprendi a ficar só comigo.

Tive que olhar para dentro. A bagunça toda no mesmo lugar. Medo e angústia acenaram. Eles se reproduziram e apresentaram a cria: frustração e perda. Meu próprio silêncio passou a me assombrar.

A reação que tive foi a mais previsível e a pior de todas: fingir que não era importante. Coloquei Thiago no armário das coisas mal resolvidas, junto ao fantasma vivo da ausência do pai.

Fingi que gostava da faculdade, ainda que desconsiderasse a quebra da bolsa em 1929 ou a Revolução Russa. Ignorava os conflitos na Palestina e fazia pouco caso da dominação armada dos Estados Unidos. Era apático e autocentrado demais para me preocupar com os problemas do mundo.

Fiz daquela dor dissimulada o combustível para me empurrar adiante. Voltei a treinar acordes no cello e retomei os estudos de piano, que por muito tempo só serviu para meu irmão bater o dedo mindinho.

Thiago que ficasse no passado. Thiago que morresse. Thiago que sofresse com todas as unhas dos pés encravadas. Thiago que tivesse fissura anal que nunca cicatrizasse. Thiago que morresse só, e velho, e desamado, com a cara enrugada e o coração amargurado. A quem queria enganar? Bem mais provável que eu morresse velho, comido pelo tempo e sozinho. Esta sempre foi minha sina: silêncio e vazio. Ele que me fez ver outras versões possíveis.

...

Fiquei suscetível e alarguei a cova com os dentes. Roí as bordas do buraco em que estava, fazendo cair terra nos olhos. Acabei com a vista turva e sem perceber a armadilha: mais alto que eu, cabelo loiro e encaracolado, barba rala e uma segurança que me fez desejá-lo.

O primeiro contato foi num festival de música alternativa, daqueles em que jovens produtores de coisas ordinárias se apresentam como gênios, só para ocupar o tempo e dissimular a insignificância. Vitor achava-se artista, portava-se como artista, vendia-se como artista. A aura quase mítica do poder criativo, encarnada no corpo que sabia esconder as próprias fraquezas, fascinou-me. Também era fotógrafo, além de ator, diretor, desenhista, pintor, e o que mais pudesse agregar à encenação artística.

Ele tinha dos piores defeitos que um homem pode ter: consciência da própria beleza. E tirava proveito disso, ainda que dissimulasse. Em público usava a máscara simpática, de rapaz que agradava a todos com sorrisos. Como fui idiota.

Caí na armadilha: comprei a imagem. Inventei vários motivos para ir a Curitiba. Quis fazer parte do grupo com quem andava, todos artísticos e desocupados como ele. Percebia o interesse e me desdenhava. Maldita mania que homens têm de se achar irresistíveis. Eu, à procura de precipício, em vez de considerá-lo babaca, via no jogo do corpo inatingível o incentivo para continuar.

A situação se tornou tão lastimável que acabei de porre me declarando. A reação dele, óbvio, foi desdém. Dei-me por vencido e voltei a me encasular. Atingido na vaidade, Vitor sentiu-se desafiado. Quem eu pensava ser para desistir fácil de alguém irresistível? Foi quando passou a me procurar e provocar com mensagens no celular e conversas pelo MSN.

Como resultado desse jogo de conquista infantil, começamos a namorar. Ao menos namoro era o nome que dávamos.

A distância, que me separou de Thiago, sustentou o relacionamento com Vitor. Sempre esforço da minha parte, eu movia o que fosse para que pudéssemos nos encontrar.

Não era ruim quando estávamos juntos. Apenas restrito ao contato superficial, um tanto performático, sem afeto com raiz mais profunda. Eu era corpo para sexo e encenação de namoro. Foder com o objeto do desejo é das piores coisas para quem está apaixonado. O instinto carnal é fácil de ser confundido com o anseio de querer alguém que ultrapassasse os limites da pele. Eu confundi.

O distanciamento no tempo me faz perceber como estava iludido.

Ao rever e comparar as fotos que ambos fizeram, é notório que Vitor nunca me enxergou. Fui manequim de suas vontades, acabava exposto e caricato. Os retratos de Thiago reservavam espaço para meu silêncio.

Vitor era incapaz de olhar além do próprio reflexo. Queria ser o centro das atenções para dissimular as inseguranças de não ter muito o que apresentar por dentro. Era imaturo, mimado e oco. Além da beleza exterior, havia quase nada.

Ele fazia questão de declarações públicas, de fotos nas redes sociais. Éramos o casal perfeito. Dizia que me amava, e até acreditava nisso. Apenas necessidade de autoafirmação, egoísmo de bebê que suga a mãe até estraçalhar o bico do peito. Acabei sufocado, preso na pantomima passional.

Tudo não passou de punheta.

Mesmo apaixonado, decidi colocar ponto-final. Sofri, mas escolhi me rasgar a arrastar pela vida uma pessoa que destruía a precária estrutura que, com esforço, eu tentava manter de pé.

Mandou várias mensagens. Disse que não saberia viver sem mim. Ligou inúmeras vezes. Apesar de meu peito arder por querer tê-lo, preferi desfazer a encenação. Pior do que ausência é presença que não preenche. Estava cada vez mais vazio, refém por gostar de um narcisista.

Mudei o número de celular. Cancelei os perfis na internet.

[silêncio]

O adeus a Vitor foi perpétuo.

...

Revisitar essas histórias me faz perceber que alguns abismos não passaram de fendas ampliadas pelo medo. Perdas que pareciam irreparáveis se juntaram às recordações triviais. Alguns sentimentos ardem intensos e depois desbotam sem deixar saudade. É estranho perceber que tanto passou. Ao mesmo tempo, parece tão pouco, cabe em algumas páginas.

Escrevo como lembro, com todas as indefinições. Dou-me por satisfeito em transcrever resquícios. Escrevo para ocupar o tempo, a fim de fazer menor o buraco da ausência.

Quero juntar um amontoado confuso de lembranças e jogar no fosso do vazio. Por isso me dou a liberdade de escrever como quem atropela bicho na estrada. Acaba esviscerado, disforme, escorrendo sangue pelo asfalto. É desagradável, mas não há o que fazer, é necessário expurgar certos sentimentos.

Ele

DECIDI QUE FICARIA SOZINHO. Em meio a hematomas que julgava permanentes, acabaram os espaços para remendos. Passei a viver ainda mais embrulhado em plástico-bolha.
    Nasci incompleto. No kit de sobrevivência faltou, entre outras coisas, talento para o flerte. Não aprendi a coreografia da dança do acasalamento. Desejo sempre foi uma reta: quero. Boa cantada é algo tipo: "Oi, tenho seios. Você me quer?". É possível responder sim ou não. Talvez me deixa desconcertado.
    Estive preso no meu reduto, sozinho, até que ele apareceu.
    – Quero beijar você.
    A fala direta e certeira me deixou deslocado.
    – Oi?
    Com sorriso entre bobo e malicioso, repetiu:
    – Quero beijar você.
    Aproximou-se. Percebeu que eu estava desarmado, segurou meu pescoço e me beijou. Primeiro recostar de lábios, virgens colegiais às escondidas no banheiro. Passo inicial para me invadir. Empurrou-me contra a parede e beijou com vontade.
    Contávamos essa versão quando perguntavam onde e quando nos conhecemos. Era mentira. Falseávamos porque a verdade carecia de graça para história de amor.

...

Desejo é coisa insistente, move até pessoas como eu. Quando as pulsações do corpo se exaltaram, fui tomado pelo instinto. Decidi procurar alguém para uma transa no bate-papo, onde todos expunham as carências no anonimato. Monólogos solitários dos comentários em portais de notícias.
    Poderia ser contemporâneo e ir à caça nos aplicativos do celular. Mas me incomodava a lógica de vitrine, corpos aos pedaços, com peitorais e bíceps à venda. As salas de bate-papo

reuniam pessoas marginais que, iguais a mim, estavam atrasadas no curso do tempo e das próprias vidas.

Quem sabe quisesse conversar mais do que fazer sexo. Depois das desilusões passionais, fiquei enovelado na desordem. Afastei-me dos amigos e matei o escasso convívio social que cultivava. A decepção me fez mais vulnerável. Passei a ter medo do turbilhão no oco da cabeça.

Isso foi no período que desisti de História e comecei a trabalhar no café. Estou fazendo confusão, já cursava Letras quando nos conhecemos. Sim, foi isso. Estava com as noites livres por causa da greve, agora lembrei.

Com tantas mudanças, eu tentava reorganizar a vida. Encontrar alguém para sexo poderia me ajudar a ser normal. Afinal, pessoas normais transam sem compromisso e parecem felizes com a quantidade.

No bate-papo, as expectativas quase sempre eram frustradas. Quando tentava alguma abordagem e era ignorado repetidas vezes, a limitada autoestima descia pelo ralo. Em vez de ter brio e fechar aquela porcaria, continuava, com a esperança de que alguém interessante faria valer a perda de tempo. O problema é que não aparecia ninguém fora do óbvio. Acabava batendo punheta sem graça, com o pau cansado de esperar pela promessa fracassada de sexo.

Quando tinha sorte, aparecia alguém com todos os dentes na boca e a higiene básica exigida para contato com outro ser humano. Aí o risco era a pessoa ser escrota. Poucas foram as vezes que o universo conspirou a favor de um encontro.

Mesmo quando se mostrava na webcam, ao vivo era surpresa. A imaginação carrega nas tintas, o cara a cara desembocava na decepção. O homem com 1,80m, sarado, revelava-se um coroa semiflácido, quinas dos ossos à mostra, com cheiro de apartamento velho. O que não seria problema se o produto vendido fosse esse.

A sensação de engano era frequente, como se recebesse encomenda errada. Sem nota fiscal, restavam duas opções: respirar fundo e usar o que viesse; ou despachar, ignorando o fato de se tratar de alguém com sentimentos e do mesmo modo sedento por um corpo nu.

Acabei em situações lastimáveis e vexatórias por causa de uma foda. Na hora, no entanto, importava gozar. Passado o ápice sanguíneo, a queda. A consciência voltava ao corpo e despontava o asco pós-coito, que desencadeia indiferença e certa apreensão violenta. A boca que dava prazer causa repulsa. Asco pós-coito é indisfarçável. Foge ao controle. Impossibilita até olhar a cara da pessoa. Quando a tensão sexual passa, o único desejo é se livrar do corpo na cama, feito assassino que precisar dar fim ao cadáver ainda quente.

Homem com desejos sexuais aflorados pode ser tão desprezível que só outro homem é capaz de compreender esse estado vil. Preocupa-se em ter corpo para devastar e, depois do gozo, ir embora. A maioria parece aceitar essa condição, sem se incomodar em servir como boneca inflável, em troca de satisfação mecânica.

Para mim, no entanto, sexo sem prazer era castigo pela inadaptação. Todas as vezes, jurava não me submeter outra vez à junção de corpos ausentes de desejo. Mas o asco pós-coito desaparecia ao acordar. Dias depois, repetia o processo: encontrar um estranho, transar apático, contar os segundos para ir embora e caminhar vago pela rua.

A cada gozada, esvaziava-me mais, como se o que trazia por dentro escapasse pela uretra. O cheiro de outros corpos se misturava ao meu próprio cheiro. O pouco de mim desaparecia, sufocado pelas fragrâncias de perfumes, cremes de barbear e desodorantes de diferentes homens.

...

Na noite que nos conhecemos, estava fora de mim: sentia vontade de conversar. Falar qualquer bobagem, mesmo que fosse com desconhecido. Passei tanto tempo recluso que só queria respirar alguma novidade.

Entrei no bate-papo como **mestre69**. Poderia ter escolhido algo mais direto e informativo, tipo **moreno.dot21**, **fumante_ativo** ou **novinho pass**. Supus que **mestre69** instigaria curiosos a perguntar para conseguir ao menos as informações básicas. Se valesse a pena, continuava. Ou bloqueava, como fazia com a maioria.

Esperava qualquer diálogo, mas, como sempre, logo chegou a frustração. Quantos centímetros? Ativo ou passivo? Tem local?

Queria conversar. Isso era pedir demais. Estava de saco cheio de bloquear idiotas quando **cara_bi** puxou papo.

(09:32:56) **cara_bi** *(reservadamente)* fala para **mestre69**: blz?

(09:32:58) **mestre69** *(reservadamente)* fala para **cara_bi**: tranquilo e com vc?

(09:33:02) **pauduro zona leste** fala para **MEIGA**: oi

(09:33:03) **cara_bi** *(reservadamente)* fala para **mestre69**: de boas

(09:33:14) **rapaz vida simples** fala para **Todos**: ningem qer conversar como gente aqi, o mundo ta virado numa civilizaçao sem volta, a simplicidade hj é ter oq fazer, fala sérioo

(09:33:23) h só entra na sala...

(09:33:24) **isa** fala para **Fernando Cambé**: 30 anos

(09:33:36) **isa** fala para **Fernando Cambé**: vc e casado??

(09:33:39) **cara_bi** *(reservadamente)* fala para **mestre69**: o que procura por aqui?

*(09:33:49) **koroa** entra na sala...*

(09:34:23) **rapaz vida simples** fala para **Todos:** e ae algem qerendo conversar como gente

(09:34:26) **mestre69** *(reservadamente)* fala para **cara_bi:** alguém interessante pra conversar

(09:34:28) **isa** fala para **H SOLTEIRO 37:** esta dificio arruma um cara serio, as pessoas so que sexo primeiro

(09:34:36) **cara_bi** *(reservadamente)* fala para **mestre69:** não sei se sou interessante rsrs

Depois da constatação inicial de que podíamos manter algum diálogo, deixamos de fingir ser descolados para falar sem encenação.

Entramos no bate-papo privado.

Morava em Londrina havia pouco mais de um ano, por causa do mestrado. Tentava entender a vida de solteiro depois de terminar um relacionamento de quase sete anos.

Contou ser bi não praticante. Achei curioso e perguntei o que significava. Explicou que sabia ter atração também por homem, mas estava satisfeito com a ex, com quem namorava desde a adolescência. Até que a distância direcionou para o término e acabou no bate-papo, aberto ao que rolasse.

Comentou que ia sair da sala quando tentou conversa comigo. Estava cansado de abordagens idiotas sobre bissexual ser mal resolvido e dos convites para realizar fetiches, como se gostar de homem e mulher transformasse alguém em objeto para satisfazer vontades escrotas.

O papo se estendeu para a vigilância que as pessoas mantinham sobre a sexualidade alheia. Estávamos fora do contexto do bate-papo. Pedi que me adicionasse no Skype, precisava desconectar.

Por sorte, meu irmão deixou comida no micro-ondas. Não perdi tempo preparando o que comer. Voltei para o computador e aceitei a solicitação.

Fora do bate-papo, parecíamos ter mais privacidade. Eu estava irreconhecível, bem-humorado e decidido, até piada fiz. Sugeri ligar a webcam.

– Tenho vergonha – respondeu.

– Fiquei curioso pra ver você.

– Tá. Mas fico bem travado.

Mandei o convite da chamada de vídeo. Enquanto não aceitava, apreensão. Como seria?

Olhos assustados, grandes, noturnos. Cabelo curto, nariz pequeno no meio do rosto ovalado. Pele mascava, morna, cor de rapadura, como me ensinou depois. Ao contrário de mim, apresentava sobrancelhas fartas, barba por fazer e boca carnuda, tensa diante da câmera. Ao menos foi o que a imagem precária de pixels revelou.

– Lindão – falei.

– Gostei de você, tem olhos sinceros.

Ri com o adjetivo improvável.

– Achei o sorriso bonito também – complementou.

– Não posso dizer o mesmo. Está aí todo sério.

Sorriu tímido, mostrando um pedaço dos dentes.

– Falei que fico travado.

– Prefere desligar?

– Não, é bom ver você.

Alguém gostando de falar comigo e mais desconcertado do que eu? Foi engraçada a situação.

– O que pessoas interessantes como nós fazíamos no bate-papo? – ele digitou, rindo.

– Também não sei.

– Só querem saber de sexo descartável. Sei lá, não tem muita graça.

– Costuma sair com caras?

– Duas vezes. Mas foi ruim.

– Não curtiu?

– Acho que estou acostumado com mulher, homem é muito impessoal.

– Nunca transei com mulher.

– Sempre soube que gostava de homem?

– Acho que sim.

Éramos dois estranhos falando como conhecidos. Ele ria das piadas bobas que eu contava e também me fazia rir. A conversa se estendeu.

– Fiquei com vontade de uma coisa... – provoquei.

– O quê?

– Melhor deixar pra lá.

– Fale, acho que estou com a mesma vontade.

Baixei a tela do notebook e enfiei a mão na cueca. Ele ficou de pé e começou a punhetar. Estava há tanto tempo sem gozar que não consegui segurar muito, esporrei na barriga.

– Quer que eu goze pra você? – ele digitou.

Acelerou os movimentos, contraiu as pernas e gozou sujando a mesa do computador. Jogou o corpo ofegante na cadeira.

– Melhor a gente ir se limpar.

Logo nos reencontramos em frente à tela.

– Biscatinhas, transando no primeiro encontro.

Ri idiota.

– Você é bruxo? – perguntou.

– Por quê?

– Nunca fiz sexo virtual, sempre morri de vergonha.

Sorri. Ele também sorriu do outro lado.

Olhei no relógio do computador, quase três da manhã.

– Falamos tanto que perdi a hora.

– Tem compromisso amanhã?

– Trabalho.

– Criatura, vá dormir.

– É que está tão bom aqui com você.
– Podemos conversar mais depois.
– Anote meu número pra gente continuar pelo WhatsApp.
– Manda.

Enviei o número do celular.

– Preciso dormir, mas, antes de ir, promete uma coisa.
– O quê?
– Não se esqueça de mim.
– Impossível esquecer, tirou minha virgindade virtual – digitou rindo.
– Bobo.
– Vá embora. Amanhã a gente se fala.
– Tchau, lindão.

Escovei os dentes. Quando voltei para o quarto, o alerta de mensagem piscava no celular.

Promessa cumprida 03:12
Está add 03:12
A noite foi ótima :) 03:12

Foi sim. 03:19 ✓✓
Continuamos amanhã. 03:19 ✓✓
Boa noite. 03:20 ✓✓

Até mais 03:20

Deitei e caí no sono. Apesar das poucas horas na cama, acordei descansado.

Sorria enquanto tirava expressos e organizava pedidos nas bandejas, pensando na loucura da madrugada.

... .

Noites livres por causa da greve. Estava na cama, enrolado no cobertor.

Quando vamos nos conhecer? 22:04 ✓✓
Agora 22:04
Estou sozinho 22:04
Meus amigos viajaram 22:04
Olha que vou. 22:06 ✓✓
hehe 22:06 ✓✓
Venha logo 22:06
Está falando sério? 22:06 ✓✓
Quero você aqui agora! 22:07
Doido. 22:07 ✓✓

Passou o endereço. Poucas vezes agi tão por impulso.

Pela janela do táxi, as ruas vazias. Impressionante como o frio deixa a cidade em paz. Se fosse inverno o ano inteiro, haveria mais suicídios que assassinatos.

O porteiro interfonou para liberar a entrada.

O vento balançava as plantas no jardim. Puxei as mangas do casaco para me proteger da rajada fria. No hall de entrada a luz rebatia no papel de parede e no porcelanato branco, deixando o ambiente com ar de consultório médico. Entrei no elevador, a porta me engoliu rápido.

Procurei pelo 1502. Sem campainha. Duas batidas na porta. "O que estou fazendo aqui?"

Ele me recebeu com um sorriso largo. Nem parecia o tenso em frente à webcam.

– Que bom que veio.

Perto dele eu parecia ainda menor.

– Doido você – falei.

– Não fui eu quem saiu de casa a essa hora.

Agarrou meu pescoço e me beijou. Aliás, nos beijamos. Perdemos o fôlego, o que obrigou a pausa.
– Lindão – soltei no ar.
Ele revidou me encarando fundo.
Deixa para outro beijo demorado.
Parede da sala. Lábios quentes. Sangue em início de fervura.
Corredor. Abraço por trás. Mordida na nuca. Leve arrepio pelas vértebras.
Quarto. Bolsa na cadeira do computador. Óculos na escrivaninha.
Puxão pela cintura.
Cama. Ele sentado. Mão por baixo da roupa.
Palma fria. Corpo quente. Contraste. Outro arrepio.
Casaco erguido. Barba roçando na barriga. Sequência de arrepios.

Caímos no colchão. Eu por cima.
Sapatos arremessados longe. Calça desabotoada. Cueca à mostra.
Língua em conversa com mamilos. Nariz na conquista de território.

Sangue em lava solidificando a carne. Intimidade exposta para degustação.
Cadenciado. Pressão exata. Movimentos contínuos.
Sem pressa. Úmido. Profundo.

Imersão no âmago.
Respiração acelerada.
Liquefação.
Gemidos.

Terminações nervosas à tona. Pele inflamada.
Corpos em ebulição atacam a frieza da noite.
Véu de transpiração desfoca a janela.

Espasmo convulsivo.
Tremores de terra.
Gêiser em erupção.

[silêncio ofegante]

Desfalecidos. Cabeça em descanso no peito suado. Coração retumbante.
Cheirava meu cabelo. Dedo ao redor do mamilo.
Banheiro. Neblina do vapor nos azulejos.
Passos rápidos no retorno à cama.
Enovelados no edredom, conversamos coisas banais. Tão banais que eram de máxima importância.
Comentei onde trabalhava, que cursava Letras e comia as comidas do meu irmão. Riu sem acreditar na cena de como contei a minha mãe que era gay. Ele falou do sonho de ter uma chácara, para fugir da cidade e escrever contos. Queria uma horta, árvores frutíferas e gatos.
Sem asco pós-coito.
Levantei para pegar o celular e ganhei um beliscão na bunda.
– Te mato!
Passava das três da manhã.
– Vou chamar o táxi.
– Precisa buscar o uniforme em casa?
– A camisa fica no café. A calça é a que estou usando.
– Dorme aqui então.
– Hummm... Sério?
– O ônibus passa na esquina. Ao menos dorme mais um pouco, e bem acompanhado – riu.
– É, né...
– Volta pra cama que estou com frio.

Mergulhei no edredom. Ele se aproximou e passeou com o indicador pelos contornos do meu rosto. Desceu pelos mamilos e escorregou até o umbigo. Brincou com os finos pelos da barriga. Eu de olhos fechados para sentir a viagem em mim.
– O ônibus demora? – perguntei quase dormindo.
– Qual seu horário?
– O café abre às 10h, mas entro às 9h.
– Que cedo. Coloque pra despertar às 8h17, que é garantido chegar a tempo.
– Tá... 8h17... Pronto.
– Vem cá.
Entrei embaixo do edredom e nos abraçamos. Adormeci com carinhos no rosto.
O alarme tocou como se fosse acabar o mundo.
Vesti a roupa jogada no chão.
Lavei o rosto para despertar e escovei os dentes.
– Não tem nada pra comer antes de você sair – ele disse na porta do banheiro.
– Nem se preocupe. Como no café.
– Da próxima vez, prometo fazer compras.
Peguei a bolsa e os óculos.
– Vou indo.
– Não! – gritou enquanto eu segurava a maçaneta.
– O que foi?
– Deixa que eu abro. Pra você voltar.
– Doido, abre então.
Último beijo. Chegou o elevador.

...

Ficar o dia todo de pé, arrumar vitrine, tirar expressos e carregar bandejas, cansava. Apesar do cansaço trivial, os dias diferiam da rotina: tinha tempo para ler depois do trabalho por causa da greve, alguém disposto a dialogar e a fazer sexo que não fosse descartável.

Diria que algum tremor mudou coisas de lugar dentro de mim. Muitas palavras saíam, contrariando a corriqueira apatia. Demonstrei até interesse pelo meu irmão. Perguntei sobre o trabalho no consultório.

– Sempre igual.

Via bocas abertas sem sorrir, invadia a privacidade dos pacientes, a mostrar cáries, dentes quebrados e raízes cobertas de tártaro. A rotina não apresentava surpresas, mas o dinheiro era mais que o suficiente.

Jantamos sanduíches improvisados com restos da geladeira. Depois fui para o quarto. Fiquei dividido entre continuar a leitura de algum livro ou brincar com o cello, há dias abandonado no canto.

Na penumbra, o celular piscou.

Que faz? 20:16

Acabei de jantar. 20:22 ✓✓

Nem comi ainda 20:22

Vá comer, doido. 20:23 ✓✓

Vou já 20:23

Dessa vez tem comida em casa 20:23

Pode vir me visitar 20:23

Olha que vou. 20:23 ✓✓

Está esperando o quê? 20:24

Doido. 20:27 ✓✓

Venha 20:27

Fala sério? 20:29 ✓✓

Claro 20:29

Rsrsrs 20:29

> Vem mesmo? 20:32

> Sabe o endereço 20:35

> Vou me arrumar então. 20:32 ✓✓

> Vou. 20:32 ✓✓

    Meu irmão também estava de saída e perguntou se queria carona. O interfone tocou, tarde demais para cancelar o táxi.

– Está mais bonito hoje – comentou ao me receber.

– Ontem foi minha folga. Dormi o dia inteiro e me recuperei da noite que passamos acordados.

– Foi uma ótima noite.

Aproximou-se e o beijo foi consequência. Quase ficava na ponta dos pés para alcançá-lo. Percebeu o esforço e me empurrou em direção à parede, assim tinha apoio para ficar do meu tamanho.

– Muito alto.

– Nada, sou normal. Você que é pequeno.

Beijo demorado.

– Melhor a gente sentar – sugeriu.

Coloquei a bolsa no canto do sofá. Um de frente para o outro. Roçou o nariz no meu pescoço. Apertou-me forte e continuou investigando a pele. Farejou em busca dos cheiros escondidos em cada pedaço. Quando me dei conta, estava com a camisa levantada, ele mapeando meus limites. Passeou o nariz pelas axilas. Arrepiei com a sensação, misto de prazer e cócegas.

Outro beijo demorado.

– Vamos para o quarto? O sofá é limitado.

Caminhamos agarrados pelo corredor. Não demorou a nos desfazermos das roupas. Corpos largados na cama, a se desbravar e

Acabamos suados, ofegantes, cada um deitado num travesseiro. Menos frio que na primeira noite, mas ainda frio.
– Não tenho vergonha de ficar pelado com você – falou.
– Isso é bom.
– Só era assim com minha ex.
– Foi sua única namorada?
– Sim.

[silêncio leve]

– Pena que acabou.
– Pena?
– A gente se gostava, mas minha vinda pra cá acabou nos afastando.

[silêncio calmo]

– E você, namorou muito? – quis saber.
– Duas vezes. A última prefiro nem lembrar.
– Por quê?
– Fui idiota...

[silêncio frágil]

– ... ele nem gostava de mim.
– E você gostava dele?
– Talvez.

Contei dos pesadelos estranhos quando criança, da morte do pai, dos medos, da terapia que abandonei. Ele lembrou de como largou tudo para vir a Londrina, numa entonação sonora e rápida. Conversamos sobre signos, literatura, religião, faculdade, cansaço de viver, obrigações profissionais e anseios.

Falamos por tanto tempo, com intimidade incompreensível.
Nas pausas, insistia em passear o nariz na minha pele.
– Você tem um cheiro bom.

[silêncio acolhedor]

— Falei pra você coisas que nunca contei a ninguém.
— Sério? — surpreendeu-se.

[silêncio]

— Hoje tem comida.
— Estou sem fome. Trouxe chá.
— Chá? Que engraçado.
— Não gosto de café.
— Que coincidência, também não gosto. Nem de leite. Só de café com leite. De leite você gosta, né?
— Te mato!

Quando me dei conta, passava de duas da manhã.
— Dorme aqui — disse com voz dengosa.
— Preciso voltar pra casa.
— Tá, vou dar desconto. Veio sem pensar pela segunda vez. Faz sempre isso?
— Na realidade, nem me reconheço.
— Da próxima vez, posso ir a sua casa, se achar melhor.
— Podemos nos ver na folga. Passo o dia sozinho.
— É só chamar.
— Posso tomar uma ducha?
— Tem toalha na gaveta embaixo da pia.

Enquanto eu tomava banho, ele me assistia, encostado na porta.
— Fiquei com frio agora — falei.
— E nem vou ter você pra me esquentar.

Catei a roupa espalhada pelo quarto e me vesti. Ouvia o barulho do chuveiro.

Entrou enxugando o rosto. Eu olhava pelos vãos da persiana enquanto ligava para o táxi.

Vestiu a cueca e me acompanhou até a porta. Esperei que abrisse.

– Aprendeu, né?
– Sim, pra eu voltar – sorri.
– Isso.
– Tem câmera de segurança? – perguntei no corredor.
– Não.
Último beijo demorado. O elevador chegou. Desci.
Não tomamos o chá.

Nunca se aproximar rápido de um gato. Alguns poucos, destemidos ou tomados por curiosidade, ficam. A maioria corre. Se for atrás dele, corre e se esconde.

O mais acertado é esperar que chegue perto. É melhor nem tentar segurá-lo, o risco de acabar ferido é grande.

Fiquei assustado e fugi arisco. Rápido demais.

Qual seria o passo seguinte? Acabaria na minha cama depois de uma semana? Reivindicaria a cópia das chaves? Estava rápido demais. Qual seria o próximo passo? Perderia a paz, viriam as cobranças, os protocolos, o sexo chato, então brigaríamos e, por fim, o rompimento. É sempre assim.

Sofri por antecipação, com pedido que sequer foi feito.

Rápido demais, pensava. Poderíamos conversar, diria não estar a fim e talvez pudéssemos ser amigos. Eu precisava de um amigo. Ele sequer disse nada e antecipei: não.

Corri feito gato arisco.

Fiquei recolhido no único lugar onde podia estar confortável: meu quarto. Em meio aos livros, ao cello, à cama de madeira com cabeceira arqueada, ao colchão marcado pelo peso do corpo. Único pedaço no universo com meu cheiro. Será que foi medo de perder a essência? Ser sufocado por outro cheiro?

Veio atrás de mim, mandou mensagens. Várias mensagens.

Por que queria me capturar? Assustado, abriguei-me no silêncio. Inerte, não podia fazer barulho. O silêncio também é arisco, foge com qualquer ruído. As batidas do coração assustaram a quietude. Fiquei com a bagunça na cabeça.

A quem quis enganar? É sempre rápido, sem freios nem volante. A vida é queda livre num tobogã, impossível pausar. A chegada é descida de cabeça para baixo. Nascer é vertigem. Viver, sempre rápido demais.

Só agora percebo que foi o contrário. Ele me desacelerou e pude sentir a mim mesmo. Ao encará-lo, fui obrigado a me desafiar. Não foi ameaça, mas pedido: posso sentir seu cheiro? Antes desejaram minha imagem. Ele quis essência. Tive medo e antecipei: não.

Foi mais seguro pensar que estava rápido demais.

...

Quando peguei o celular na bolsa, depois do expediente, o SMS:

> Esperei mais de você. Podia ao menos ter se despedido. Eu diria que foi bom cruzar seu caminho e daria um abraço. É pedir demais? Sinto-me no direito de cobrar um ponto final. Nosso contato foi tão civilizado pra acabar assim. Tenho que ir ao seu trabalho fazer escândalo? Você diz que sou doido mesmo.

26 de agosto 12:75

Ficou sem resposta. Não soube o que dizer.

...

Acordar cedo, andar desajeitado até o ponto do ônibus, chegar cinco minutos antes do horário. Todos os funcionários de uniforme, como no jardim de infância. O café era universo à parte, cheiro concentrado de expresso e temperatura controlada por ar-condicionado. Podia observar as relações com lupa. Os clientes se sentiam superiores por ter quem os servisse. A vingança era vê-los derrubar farelos de empada na mesa ou sujarem a roupa derramando café.

Beber parece ser tentativa de preencher o vazio. Por isso bares estão sempre cheios. No café não era diferente, tentavam se encher com qualquer líquido, só para fazer volume por dentro. Café, cerveja, os mais saudáveis com suco ou água. Certo, nem todos bebem por estarem vazios. Alguns gostam de tomar café. Ou foram acostumados a isso. Sempre preferi chá. "Como assim não gosta de café?" Há quem acredite que existam regras nunca escritas. Não segui-las é afrontar os que fazem parte do consenso.

O serviço era automático: sorrir, entregar cardápio, anotar pedido, equilibrar bandejas e ouvir reclamações. Não precisava falar muito. Os clientes só notam a existência do atendente se a mesa está suja. Ou quando o pedido demora. Depois de servidos, torna-se inútil, pode morrer que nem se importam.

Na maioria das vezes, eu falava ainda menos, costumava ficar no balcão. Benefício que conquistei graças à coordenação motora e ao cuidado para organizar croissants e pães de queijo na vitrine. O silêncio me fazia eficiente. Concentrava-me no pedido e organizava rápido as bandejas, levadas por algum colega até as mesas.

Tirava um expresso quando fui avisado que me procuravam. Olhei para trás, ele sorriu. Retribuí desconcertado. O que aquele doido fazia ali? Cumpriria a promessa do escândalo?

Coloquei a xícara na bandeja e dei a volta no balcão. Enquanto me aproximava, abri os braços. Talvez apreensão ou por nunca saber cumprimentar. Ele me abraçou com receio.

– Só vim entregar isso.

Peguei o envelope branco com cara de interrogação.

– Não vou atrapalhar. Depois a gente se fala.

Coloquei o envelope na bolsa, guardada no armário dos funcionários.

A curiosidade segurava os segundos, que se arrastaram devagar.

Caminhei até o ponto para o segundo turno na faculdade. No ônibus, abri o envelope. Outro envelope menor guardava o cartão escrito com caneta azul.

Só queria agradecer.

No envelope maior, a carta impressa. Cheirava a perfume, essência seca, notas minerais e algo cítrico, leve amargor. Bafo fresco de terra molhada em dia quente. Nenhuma fragrância parecida.

Desci com a maré de alunos do turno da noite. Sentei no banco ao lado da lanchonete e li a carta.

Quando reticências se tornam ponto-final

Antes de começar a escrever, tomou um chá. Chá duplo. O chá que não tomaram juntos.

"Tem câmera de segurança?"

"Não."

Último beijo rápido no corredor. O elevador chegou. Desceu.

Trancou a porta relembrando os últimos momentos: pele ainda quente, cheiro ainda no corpo, gosto ainda na boca.

Da varanda, viu fechar a porta do táxi. Disse até breve em pensamento.

Foi à cozinha. Tomou água. Caminhou em direção ao banheiro. Escovou os dentes e correu para a cama, que conservava o calor dos dois.

Embaixo do edredom, protegia-se do frio e recordava dos corpos juntos. A surpresa de ter um quase desconhecido a quem contava segredos era excitante. Fazia palpitar o coração.

Mil devaneios antes de dormir. Cheiro nos travesseiros. Camisinha no chão.

Relembrava o contorno feito com as pontas dos dedos: olhos pequenos, discretas sobrancelhas, boca bem desenhada. A ponta do nariz... Os mamilos entumecidos... O umbigo raso... Os pelos finos na barriga...

No ouvido, ecoava a voz firme, pausada, um tanto oca e desconfiada.

Adormeceu sem perceber.

Ao meio-dia, despertou sem norte, como quem acorda de ressaca. Mas em vez de dor de cabeça, sentimento leve que lhe fez sorrir.

Entre os dois parecia haver intimidade, e não só pelo sexo: afinidades, segredos nunca revelados, fetiches, combinações astrais, conversas sobre família. Medos. Talvez sonhos. Muitas incertezas.

Trocaram mensagens por alguns dias. Pareciam amigos.

Foram amigos.

Amantes também.

A esperança das reticências renovava a monotonia das horas. Logo poderiam se encontrar outra vez...

[nos pontos continuando reside o amor]

A dissimulação do virtual nem incomodava, tinha certeza que em breve se encontrariam. As respostas demoraram a chegar. Os silêncios se tornaram maiores. O eco da solidão começou a se fazer mais forte.

"Faz hora extra no trabalho", pensou. E isso acalmava o coração.

Passaram-se dois dias. As mensagens sem visualização. Até a interrogação no perfil do Skype se tornar exclamativa: "Está bloqueado".

Então se deu conta de que as mensagens não foram respondidas no WhatsApp por falta de tempo. Também ali estava bloqueado.

Os fios da comunicação foram cortados sem aceno. Nem adeus. Ou até logo. Sequer pedido de "deixe-me em paz".

Uma relação que mal havia nascido foi abortada.

O silêncio deu lugar à reverberação de questionamentos: Será que foi alguma coisa que disse? Será que foi algo que fiz? Será que invadi algum lugar proibido? Será maldição afastar quem quero perto?

A culpa por tudo o que quebrou na vida veio à tona. Os laços desfeitos se embolaram em novelo entalado na laringe. Sufocou-se com as coisas boas que diria e não teve oportunidade.

Pegou o celular e enviou a última mensagem. Queria só agradecer.

Uma semana feliz pode valer por uma vida inteira. Uma vida inteira pode ser uma semana feliz. Precisava reconhecer isso.

Não esperava retorno. Apenas se livrar do peso morto de reticências que se tornaram ponto- final.

...

Como nunca foi bom em colocar pontos-finais, abriu mão do orgulho e mandou outra mensagem: "Ao menos se despeça".

Era pedir demais.

Silêncio

...

Desfocada,

a vida continua...

Como que a olhar pelo fundo de um copo.

Li rápido e fiquei sem fôlego. As palavras me atordoaram. Impossível prestar atenção na aula. Primeira vez que recebia uma carta. Direta e incisiva, não pude ficar impassível. Ele lembrava detalhes do encontro, foi mais que uma transa qualquer.

Quantas vezes me afastei dos que se diziam amigos e sequer se importaram com a ausência? Um estranho queria saber de mim e reivindicava presença.

Fiquei inquieto. Tão inquieto que agi. Peguei o ônibus e fui atrás dele no intervalo da aula. Por que se importava a ponto de ficar incomodado diante da indiferença?

Trajeto curto, em alguns minutos me vi em frente ao prédio.

– Não está – o porteiro repetiu o que alguém no apartamento informou.

Deixei o recado de que estive lá.

"Será que não quis me receber?"

Olhei a hora no celular. Pouco tempo havia passado. Voltei para a universidade frustrado. Atrasado para a segunda aula.

Ao chegar em casa, desbloqueei ele no WhatsApp e respondi o SMS que recebi dias antes:

> Não é esse tipo de pessoa que quero ser. Obrigado por insistir.
>
> 2 de setembro 23:12

...

Quando acordei, vi as mensagens.

> Que ódio! 00:12
> Você veio em casa e eu não estava 00:12
> Recebi o recado 00:12
>
> Sua carta mexeu comigo. 08:23 ✓✓
> Quero ver você. 08:23 ✓✓
>
> Só dizer quando pode 11:05
> Meu amigo voltou de viagem 11:05

> Mas podemos conversar lá embaixo 11:05
> Tem alguns bancos 11:05

Pode ser no meu apartamento também. 17:37 ✓✓
Na minha folga. 17:37 ✓✓
Meu irmão só chega à noite em casa. 17:37 ✓✓

> Só dizer o dia 17:39

Combinamos depois. 19:20 ✓✓

> Estou feliz de voltar a falar com você 19:21

...

Passamos a conversar aleatoriedades nos poucos momentos livres entre o trabalho, as aulas e as leituras da madrugada. Nunca marquei de encontrá-lo. Às vezes cobrava, queria ouvir o que tinha a dizer no dia em que procurei por ele. Eu me esquivava com a justificativa de estar ocupado. Voltei ao estado normal, resguardado do mundo. Queria ficar quieto, sozinho, em silêncio. Ler livros e talvez compor músicas trancado no quarto.

Percebeu o distanciamento, mas insistia em enviar mensagens. Os intervalos se fizeram maiores. Dias sem nenhum contato, até voltar a puxar assunto. Aproveitava quando eu ficava on-line e falava qualquer coisa. Parecia estar sempre à espreita.

Mandou SMS desejando sorte quando apresentei um seminário sobre literatura clássica, só porque, semanas antes, comentei que ficava nervoso ao falar em público. De fato se interessava pelos acontecimentos banais da minha vida.

Tentava, de várias formas, atrair minha atenção para alguma conversa.

Quando era algo sério, mandava SMS. Talvez acreditasse que a leitura fosse garantida, já que nem sempre visualizava as mensagens do WhatsApp.

Respondi algumas dessas mensagens. Poucas delas.

Uma vez me ligou no intervalo entre as aulas, mesmo assim não atendi. Em seguida, recebi uma mensagem. Também estava na universidade e queria me entregar uns papéis. Perguntou se eu tinha interesse ou se podia jogar fora. Foi das raras vezes que dei retorno: queria os papéis.

Os bons modos sociais são das piores perversões. Se eu não queria encontrá-lo, por qual motivo me interessei pelos tais papéis? Nem foram bons modos, mas curiosidade. Queria saber o que estava escrito. Ninguém mais escrevia, era instigante receber cartas.

...

Como fui escroto. Lembro da conversa que tivemos quando ainda respondia as mensagens dele. Falávamos banalidades quando desabafei:

Não tenho amigos. 19:34 ✓✓
Você quer um amigo? 19:34
Essa é a questão mais importante 19:34

Sim. 19:35 ✓✓

Posso ser seu amigo 19:37
Gosto de conversar com você 19:37

Acho que não sirvo pra ser amigo. 19:39 ✓✓
Nunca sei o que dizer e acabo me afastando. 19:39 ✓✓

É fácil, só falar o que sente sem cerimônia 19:42
Às vezes, minha cabeça fica uma bagunça. 19:42 ✓✓
Daí preciso ficar sozinho. 19:42 ✓✓
Também tenho meus momentos de reclusão 19:42

> Depois volto 19:42
>
> Sério? 19:47 ✓✓
>
> Fico angustiado e nem sei o motivo 19:47
>
> Só preciso de um tempo pra ficar quieto 19:47
>
> Pensei que só acontecesse comigo. 19:48 ✓✓
>
> Nunca sei como voltar. 19:48 ✓✓
>
> É necessário conversar 19:52
>
> Depois de um tempo, a solidão se torna enganadora 19:52
>
> Começamos a confundir tudo 19:52
>
> Pode ser. 19:55 ✓✓
>
> É ruim pra você falar assim? 19:56
>
> Pelo contrário. 19:57 ✓✓
>
> Você me escuta sem julgar. 19:57 ✓✓
>
> Está vendo, não tem segredo ser amigo 19:59

Ele se ofereceu para me ouvir. Ignorei a disposição de aprofundar amizade que fugisse da conveniência dos colegas de faculdade e dos semiconhecidos que se acumulam ao longo dos anos.

Em um dos papéis que entregou, escrito à mão, contou como isso o afetou:

> [...]
>
> Sei o que é não ter amigos. Por isso perguntei se queria um. Perguntei por saber que é escolha a dois. Sua resposta foi sim, e me disponibilizei ser seu amigo. Era também o que eu queria. Sem cobrança. No seu tempo.
>
> Desprezou a oferta. Foi como se mendigo dissesse ter fome, ganhasse um pão e o jogasse fora. Sou o pão descartado pelo mendigo. Sofri com isso. Mas quem se importa?
>
> [...]

Estava acostumado à desculpa da inaptidão, só conseguia enxergar meus sentimentos egoístas. Ignorava que os outros também sentiam. Escroto, essa é a palavra.

...

Semanas. Talvez meses. Nenhuma mensagem. Pensei que tivesse desistido. Mas era mais insistente do que imaginei.

Final de tarde. Chovia. O celular tocou. Na tela, um número desconhecido. Atendi sem interesse, achei que fosse a operadora do celular. Falou, em tom abatido, que queria se despedir. Fui pego de surpresa. Sem saber reagir, dei a resposta habitual: calei.

– Você está aí?
– Oi... Pode ser sábado, depois do trabalho...
– Conseguiu outro emprego?
– ... voltei pro café.
– Sério?

[silêncio]

Ouvia a respiração do outro lado da linha.
– Que horas e onde?
– ... pode vir ao meu apartamento às 21h?
– Posso.
– ... sábado então...
– Não sei onde você mora.
– ... tem como anotar?
– Só um segundo... Diz.

Passei o endereço. Ele ainda respirava rápido.
– Está bem? – perguntou.
– ... acho que sim.
– Nos vemos no sábado.

Desliguei sem me despedir.

Odeio ser pego de surpresa, nunca sei o que fazer. Bateria na porta e ficaria cara a cara com ele. Não queria ouvi-lo. Ou vê-lo. Apenas que sumisse. Por que passei o endereço? Podia dizer que não queria. Ou marcar em lugar público e faltar. Não, dei o endereço correto.

Sequer me conhecia. Nos vimos duas vezes, em encontros para sexo. Se me abri, foi por completo descuido. No começo, dizia que era doido como brincadeira. Depois achei que fosse insano.

Durante toda a noite, martírio por ter passado o endereço. Tentei ler, em vão. Não conseguia me concentrar. Na cabeça, o questionamento atordoante: por que não disse não? Por que não disse? Por que não? Por quê?

Resolvi voltar atrás e mandei um e-mail antes de dormir.

De: UnderlinedL. <acousticme@gmail.com>
Data: 27 de novembro de 2015 00:48
Assunto: (sem assunto)
Para: Miguel <miguel.ns@gmail.com>

Você me ligou ontem, e eu concordei que viesse para conversarmos. Mas não tenho o que te dizer, e não quero ter essa conversa.

Por favor não me procure mais. É isso o que meu silêncio guarda.

Não queria te magoar.

L.

...

Na noite seguinte, deixou um envelope na portaria. Maldita hora em que passei o endereço. Além das mensagens no celular, poderia me perturbar pessoalmente. Quem sabe até ficar à espreita na esquina, esperando para me abordar.

Desci e peguei o envelope, amarelo e gordo. Abri ainda no elevador. Cartas manuscritas em papel jornal, atadas num cordão vermelho; outra carta impressa e um embrulho azul de laço dourado, com bilhete que dizia:

Solidão é ser sempre ímpar.

Sentado na cama, desatei o laço e descobri que escondia *A solidão dos números primos*. Não conhecia o livro, fiquei curioso com o título. Desatei o nó do maço de cartas e li recostado à cabeceira. Ele se desnudava em palavras sem pudor. Corria a se esvaziar pelas linhas. Falava dos sentimentos, dos medos, dele, de mim. Era incômodo ler, mas não consegui parar. Alguma força me amarrava às palavras e fazia com que prosseguisse. As frases marcadas por pontos favoreciam a agilidade da leitura. Eram cartas perigosas. De forma estranha, as palavras se alojavam por dentro.

O perfume incógnito da primeira carta se espalhou pelo quarto.

Ao acabar de ler, fiquei em suspenso por alguns segundos. Poderia ter conversado com ele. Fingir ser adulto e dizer que seguisse em frente. Para mim, as duas noites não passaram de bons encontros. Para ele, os diálogos que considerei banais tiveram significado próprio. É impossível saber de que forma se atinge uma pessoa. Ela pode guardar como lembrança especial coisas que a outra esquecerá.

Ainda havia a carta impressa, perdida no envelope:

Recebi seu e-mail. Foi a primeira coisa que li ao acordar. Senti que não queria falar comigo, e que só aceitou por ser pego desprevenido. Por isso, a surpresa do e-mail não foi tão grande [apesar de que preferia nunca o ter recebido].

Sei que pediu, por favor, para não te procurar mais. Sinto descumprir sua vontade, é que preciso do desfecho dessa história.

Cogitei fingir que não recebi o e-mail e bater em sua porta no sábado. Mas seria injusto com você. Seria injusto comigo. Não é o que quero. Na real, preciso aprender a querer menos. Bem menos.

Sei que não tem nada a me dizer. Sempre soube. Como falei na ligação, era uma despedida. Precisava ver seu silêncio cara a cara. Lido melhor com a presença, por isso tentei me encontrar com você antes de ir embora.

Eu quem falaria. E nem era muito:

1) Não sou psicopata, neurótico, louco, que fica atrás das pessoas quando elas não querem. Se tivesse vontade de me conhecer, saberia que sou mais reservado do que pareço. Não sei o que aconteceu. Ao encontrar você, algo se soltou por dentro. Fiz o que fiz seguindo o desejo [maldito aquele que se torna refém das próprias ilusões].

2) Queria dizer que seus desenhos são muito bons. Sua música me faz sentir coisas, e nem é meu estilo [economizo nos adjetivos para ficar longe da bajulação. Espero que nunca deixe de produzir. Gostaria que tocasse no meu velório].

3) Se tivesse coragem, talvez dissesse que é bonito [agrada os sentidos]. Lembrar de você ou ver fotografias suas me comove.

4) Diria também que odeio a pessoa que tirou suas fotografias [no caso, seu ex]. Elas são muito boas.

Acredito que frente a você gaguejaria, ficaria sem saber o que falar, ou talvez falasse sem respirar.

Na minha imaginação, diria essas coisas, pediria um abraço e sugeriria:

"Vamos manter contato? Carta ou e-mail, algumas vezes na vida, só pra falar aleatoriedades."

Você aceitaria e seríamos amigos. Mas a vida não é ilusão [ou é?], nem filme [ou é?], tampouco livro [ou é?]. Isso não é proposta, sei que inexistirá qualquer contato.

Fiz o que fiz por acreditar no desejo. Prefiro passar vergonha a morrer na vontade. Escolho ser patético a negar os sentimentos. Se te causei incômodo, não foi intencional.

...

Não sei o que te fez tão desconfiado. Sequer posso afirmar que seja assim. Tudo é suposição. Pode ser que aja desse modo comigo, impertinente a encher seu silêncio de palavras. Talvez, por isso, eu deva pedir desculpas.

Tento me convencer de que dá para ter outra vida. É apenas ilusão. As pessoas interessantes estão desacreditadas. Em breve, serei mais uma delas. É triste viver em um mundo apático, quando o que quero é tomar chá, falar sobre livros e assistir filmes com alguém que possa abraçar sem pudor.

É vergonhoso falar de maneira insistente sobre mim. Deixou claro que não tem interesse em minha existência. Falo mesmo assim, tentativa de gastar palavras para talvez, enfim, ficar em silêncio.

Gostaria de saber o que pensa sobre a vida e o que curte comer. Gosta de pudim? Gostaria de ver você tocar. Gostaria de ouvir seus sonhos toscos outra vez. Seus medos. Por que se esconde tanto? O que mais seu silêncio guarda?

...

Tenho nó na garganta e a cabeça parece que vai explodir.

Por que não explode? Por que não morro sufocado por tantas palavras?

...

Na primeira vez que nos falamos, no Skype, disse: "Não se esqueça de mim". Talvez nem se lembre disso. Na hora, achei uma banalidade. Imaginei que seria daquelas pessoas que somem da memória quando vira a esquina. Hoje sei que é impossível te esquecer.

Na despedida, entregaria o livro. Não tem dedicatória, para que pareça um livro qualquer, sem lembranças. Espero que goste, é dos meus preferidos. Acredito que também seja um número primo.

...

Posso listar uma série de acontecimentos ruins deste ano. Você foi das poucas coisas boas e, delas, a que mais me marcou. Só tenho a agradecer a quem quer que seja [Deus, Cosmos, Buda, Alá, Oxalá, Universo, Grande Deusa] pela oportunidade de poder sentir.

Se te amei? Não. Mas poderia. Ou talvez tenha amado. Pré-amado. Paixão. Experimentei o coração doer várias vezes. Dessa dor que faz estar vivo. Ainda agora, ao escrever, sinto apertar o coração.

Seja feliz,

M.

Deixou claro que tentava me esquecer e, apesar de tudo, buscava manter a serenidade com a confusão que o atormentava. Pela primeira vez, estive próximo dele. Nem tanto pelas palavras dirigidas a mim, mas por compreender como é atordoante não saber o que fazer com sentimentos.

Deixei sem resposta para demonstrar que não nutria interesse. Deveria ser apenas sexo, nada mais. Nunca quis ninguém atrás de mim, muito menos enchendo o silêncio de verborragias passionais. Desconsiderava o fato de o silêncio ser passível de qualquer interpretação. Ao ficar calado, entreguei-o à ilusão. Cão atropelado que agoniza por dias com fratura exposta. Dizer algo, por pior que fosse, seria tiro de misericórdia. Poderia dar, inclusive, motivos reais para me detestar. Entregá-lo ao silêncio foi cruel. Eu não tinha consciência disso.

...

"São números suspeitos e solitários", assim Paolo Giordano definiu os números primos. Li em poucos dias. Refleti sobre a mania de me entranhar. O silêncio foi a carapaça que encontrei para me proteger. Mas de quê? Por que tanto medo? Ao me resguardar de tudo, o que perdi?

Sempre estive na fronteira. Ilegal em todos os lugares. Estrangeiro dentro da própria casa. Não foi ruim quando me abri a outras experiências. As lembranças que têm relevo vieram das saídas de mim.

Por duas noites, consegui expor outra versão, que também era eu. Falante, leve, menos arredio. Por que me entreguei mais uma vez à paralisia e sumi? Por qual motivo estive sempre esquivo? Costumava dizer que animais gostam de mim e as pessoas se afastam. Eu que sempre me afastei, e ainda me livrava da responsabilidade.

Como resolver minhas questões?

$$x = \frac{-b \pm \sqrt{b^2 - 4ac}}{2a}$$

A conta tem resultado impreciso. Nas equações me coloco como o noves fora. A vida não é matemática, falta qualquer lógica. O pensamento acelera. São só fantasmas, desnecessário temê-los. Os espectros deveriam atravessar meu corpo. Cabeça em looping. Ideias desordenadas. Dormindo ou acordado? Que dia é ontem? Agora é futuro, pretérito ou imperfeito? O medo que tenho é de mim, de cair nesse vazio sem fundo do silêncio. Quantos Everestes cabem no fundo do mar?

[SILÊNCIO!]

O grito não o espanta e eu me calo. Sou uma bagunça.

...

Sábado à tarde. A caminho do banho. O interfone tocou. Achei que fosse algum amigo do meu irmão, ninguém me visitava.
— Quero falar com você. Pode descer?
— ... tô de saída.
— Posso voltar outro dia?
— Melhor não...
— Só queria me despedir.

[silêncio]

— Tá aí?
Voz angustiada. Ou talvez fosse distorção do interfone.
No lugar dele, jamais iria atrás de mim. Era humilhante, e eu protagonizava a humilhação. Não podia ter brio e me deixar em paz?
— Vai, sobe aí — liberei o portão.
Batidas na porta. Entrou desconfiado. Rosto cansado. Calça jeans, polo de listras pretas e cinzas. O peso da vida na bolsa de couro, trespassada no tronco. Pedi que sentasse. Desviava os olhos.
Ficamos calados. Não sei precisar se muito ou pouco tempo, mas o silêncio era constrangedor.
— Você está bem? — afastou o silêncio com a voz baixa.
— Acho que sim.

[silêncio]

— Deu sorte de me achar. Estava entrando no banho, vou sair com uns colegas.
— Sabia que precisava vir agora.
— Como assim?
— Minha intuição é forte. Estava em casa e senti que devia te procurar.

[silêncio]

– Estou indo embora. Precisava te ver uma última vez.
– Pra onde vai?
– Espanha... Fazer o doutorado.

[silêncio]

Mantinha os olhos fixos em algum ponto entre o piano e o chão. Apenas olhares rápidos, desconfiados. Estava nervoso, como se não soubesse usar talheres em restaurante de luxo. Aparentava fazer imenso esforço para estar ali. Eu não o ajudava a ficar menos desconfortável.
Mesmo desconcertado, ele quem quebrava o silêncio.
– Por que não vive da música? – olhou para o piano.
– Não sei...
– E o cello?
– Quebrou.
– Como quebrou? – espantou-se, olhando para mim.
– Caiu e quebrou – respondi sem detalhes.
Angustiou-se mais com o anúncio da morte do cello. Voltou a desviar o olhar.

[silêncio]

[ainda silêncio]

– Não vou atrapalhar mais... Só quis te ver uma última vez... Pedir desculpas...
– Pelo quê?
– Confundi tudo... Sei lá... Precisava me desculpar.

[silêncio triste]

– Se algum dia abrir concurso pra amizade, mande o edital, tenho interesse...
– Bobo.
– Já vou – levantou do sofá.
Uma moeda caiu da bolsa e rolou pelo chão até bater no piano. Pegou a moeda, estendeu a mão e me entregou. Eu valia 50 centavos. Mais do que merecia por sequer oferecer uma despedida decente.
Caminhou até a porta. Com a mão na maçaneta, tentou fazer graça. A voz saiu pesarosa demais para dar a entonação:
– Eu abro, pra não ter o risco de voltar. Tchau.
Sumiu no corredor sem olhar para trás.

...

Dias depois, ao chegar da aula, recebi um grande envelope amarelo. Apenas meu nome escrito, sem remetente.
– Aquele rapaz alto que veio outro dia deixou – informou o porteiro.
Desnecessário dizer. Envelopes e papéis e palavras, sempre isso. Podia ter jogado fora, sem saber o que guardava. A curiosidade me impedia. O conteúdo dos envelopes quebrava a rotina, que se resumia ao trabalho e às chatices da universidade. As palavras causavam o incômodo de se referirem a mim com apreço que eu mesmo não nutria.
Como das outras vezes, encostei-me à cabeceira da cama. Sem cheiro. Nenhum rastro do perfume incógnito.

Ata de falência de uma paixão

Epitáfio

Aqui jaz uma história real, que existiu apenas na imaginação. Ilusão que se fez eterna por ter durado três noites.

O louco

No tarô, há uma carta sem número: o louco, que em sua insanidade representa o começo. Ou talvez o fim. Não vejo representação mais acertada, esta é a carta de um louco. O doido, como se referiu a mim.

Carta que tem um objetivo: expurgar palavras que ecoam na cabeça e se agitam no coração. Tentativa inútil de voltar à loucura em estado puro. Coloco-me à beira do precipício.

Script para o fim

Todas as noites, antes de dormir, repetia em pensamento o que falar quando encontrasse você. Criei até uma ordem:

1) A retrospectiva

Fiz um processo de rememoração para entender como me deixei dominar pela paixão. Foi tão rápido e bagunçado que não fazia o menor sentido. Você se afastou e cortou qualquer comunicação entre nós.

Nesse processo, lembrei-me das três vezes em que conversamos de fato: no Skype e nas duas em que veio ao meu apartamento. Foi ali que tudo começou. Bastante divertido, piadas ótimas e conversa fluída. Só depois desandou e o diálogo morreu.

Você conseguiu ultrapassar minhas barreiras. Até hoje não entendi como. Quem me conhece sabe que sou de natureza desconfiada.

Na conversa no Skype, quem era ali? Engraçado, cheio de iniciativa, pediu que te adicionasse no WhatsApp para não perder contato. Mandava mensagem depois do expediente. Baixei a guarda e, quando estava desarmado, sumiu sem justificativa.

Recordo para explicar a mim mesmo, em determinados momentos acabava me martirizando por ter inventado história tão desconexa. Ao fazer esse exercício de lembrar, vi que não fui um completo insano. Havia uma base, ainda que frágil, para fabular. Você se mostrou a mim e o que vi foi interessante. Foi daí que nasceu a vontade de mais.

Quando sumiu, eu tinha interesse em saber sobre você: Então comecei a carreira de stalker. Encontrei suas músicas, vi seus desenhos, achei vários retratos seus, descobri alguns dos seus gostos literários e surtei. Queria você por perto.

Dizia: "doido", falava: "te mato", com cara de criança má, e mentia: "lindão". Gostava tanto de conversar com você que acabei criando forte vínculo imaginário. Iludi-me que podíamos ser amigos. E, quem sabe, mais.

Anarquismo sentimental

Eu, dogmático, quebrei minhas próprias regras. Fiquei vulnerável, suscetível a coisas que nunca havia experimentado. Pensava ser incapaz de sentir afetos por outro homem. Acabei por gostar de você: baixo, tronco maior do que as pernas, testa destoante e sem sobrancelhas.

Descobri em seu rosto beleza emotiva, afetiva e irracional. Sim, a beleza racional é mensurável, tabuada de cinco: encaixo nariz milimétrico, olhos padrão, boca do último lote e pronto, pessoa bonito-padrão, decodificável, com raiz quadrada perfeita. Encontrei em você beleza de harmonia disforme. Arranjo cubista, paradoxal e incógnito. Limiar que atrai por ser incompreensível. Nessa incoerência reside o que há de mais forte: o irremediável, o corrompível, o humano.

Você tem feições idiotas, como cachorro cagando na chuva, com olhos cansados e pesarosos. Há estranho magnetismo nessa bagunça que é seu rosto e eu fui atraido a querer. Gostaria de te olhar mais e de perto. Bem perto. Ver por dentro. De mais uma vez traçar os contornos com a ponta do dedo. Ainda agora, o coração se exalta com a recordação.

Seu corpo reúne coisas que considero não atrativas, mas em você são arrebatadoras. Isso me dá raiva, quebrei as regras e sua estranheza se tornou adorável. De que adiantou? Tem certo vazio em sua voz que me faz prestar atenção quando fala.

2) A tormenta

Tentei te esquecer de várias formas, prometo. Quando sua presença começa a desbotar, algo reaviva o sentimento descabido. Feito vela de aniversário: parece ter apagado, mas acende outra vez. Acabo sem fôlego.

Li uma reportagem idiota, dessas que divulgam resultados de supostas pesquisas, cuja constatação era: uma pessoa se apaixona duas vezes na vida. É bem possível que seja verdade. Ao que parece, você queimou seus dois cartuchos. Eu desperdicei a segunda chance com tiro para o alto. Resta seguir. Ou aceitar as felicidades pálidas de qualquer relacionamento protocolar. Ou torcer para que, mais uma vez, os cientistas estejam errados.

3) Um desabafo

O terceiro tópico era relacionado ao e-mail que enviou: "Por favor não me procure mais. É isso o que meu silêncio guarda". Eu só queria me despedir. Nenhuma pretensão além [mentira]. Ler essas palavras foi um choque. Na hora veio a vontade profunda de chorar. Segurei o máximo que pude. Chorar para quê? Fiquei com nó na garganta durante todo o dia.

Li e reli o e-mail inúmeras vezes. Repeti até decorar. Li até as palavras doerem a ponto de me anestesiar. Antes de cair no sono, pensava em responder: "Que não me ame, mas ao menos dê um fora com as vírgulas no lugar, por favor." Esse preciosismo foi mais para achar brio no orgulho ferido do que apreço à gramática.

Padecimentos passionais

O nó na garganta continuou. O corpo reagiu da forma que pôde: acordei bastante indisposto. Achei que fosse resfriado simples, até ter calafrios. Todo o corpo tremia. Passei o resto do dia queimando em febre e sem conseguir engolir.

Fiquei assim por dois dias, quando a convulsão febril me obrigou a ir ao médico. O choro preso e o silêncio forçado desencadearam uma infecção. A garganta era toda pus. Tive que tomar antibióticos e só pude voltar a comer depois de uma semana.

Considerava meu corpo imune às emoções e quase perdi a consciência por causa da febre. Pensei em Luísa, de Primo Basílio. Eu, como ela, desfalecia por causa da ilusão. Por ironia, semanas antes, ao terminar a leitura do livro, considerei exagero Eça de Queiroz matá-la com febre passional.

Fiquei trancado em casa por quase um mês. Emagreci, entregue à falta de vontade. Fui obrigado a me mexer quando chegou a data de viajar para Fortaleza. Tive que arrumar a mala e ir. Nesse meio tempo, saiu o resultado do doutorado com o desafio: terminar a dissertação em três semanas para garantir a bolsa na Espanha.

4) O perdão

Comecei a racionalizar para tentar me convencer da impossibilidade: eu gosto de MPB, ele de rock. Ele sente atração por loiro, eu sou marrom. Gosta de gente alternativa, sou chato. Eu falo português vulgar, ele compõe em inglês. Eu converso demais, ele é calado. Inventei inúmeros motivos e os repetia para mim mesmo, buscando soterrar os sentimentos.

Percebi vários erros meus, a começar por confundir tudo. Era só uma foda e eu me deixei levar pelo sentimento intruso que brotou no peito. Desrespeitei seus limites. Não deu nenhum espaço para participar da sua vida, de maneira ridícula forcei a barra. Ao me colocar em seu lugar, vi como foi incômodo. Fiquei com vergonha. Era tarde. Ao pedir desculpas a você, perdoaria também a mim.

Era o que diria. Sendo que a única parte que importava era o pedido de desculpas. O resto vem da necessidade constante de desabafar. Verborrágico dos infernos.

O desfecho

Chegou sábado, o dia escolhido. Acordei resfriado. Chovia, eu sem a menor vontade de sair de casa. Disse a mim mesmo: "Que vá pra porra o que planejei". Pediu para te deixar em paz, custava ao menos atender?

Um ímpeto

Comprei um combo de comida oriental de almoço. "O sábio não permite que fracassos o influenciem e, confiante, aguarda o momento propício", veio no biscoito da sorte. Era isso: deixar para outro dia.

Apaguei suas fotos salvas no celular e dormi. Acordei achando que era tarde, mas passava pouco das 16h. Levantei com fome e fui fazer pipoca. Coloquei o óleo na panela. Vi que a chuva deu uma trégua. E soube: o momento propício é agora. Quando a intuição grita alto, resta atender.

Tomei banho, troquei de roupa e fui até o ponto, logo passou o ônibus. Desci na rua do café. Nos meus planos, esperaria até o final do expediente e conversaríamos.

Apenas um sonho

Olhei, nada de você. "Não trabalha mais aqui", a moça do balcão informou. Eu tremia. O coração em total descompasso. Fingi ser normal e perguntei se tinha sonho. "Acabou", respondeu sem saber que se tratava de ridícula ironia.

Andei sem rumo até a Higienópolis, no automático, fingindo que nada acontecia. Segui reto até a JK. Continuei acompanhando o muro do cemitério, dobrei na São Paulo e parei em frente ao seu prédio.

Expedição ao proibido

O porteiro interfonou, não soube o que falar. Fiquei com a cabeça encostada no portão, ouvindo seu silêncio. Pedi que descesse. "Sobe aí", você disse. Preferia não subir, cheguei sem ser convidado e sabia que incomodava. Subi. Então aconteceu a parte da cena que participou.

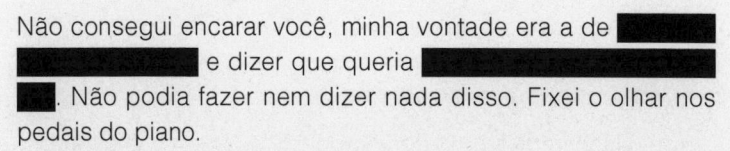

Não consegui encarar você, minha vontade era a de ███████ ███████████ e dizer que queria █████████████████ ██. Não podia fazer nem dizer nada disso. Fixei o olhar nos pedais do piano.

Você me olhava com compaixão. Seria pena? Ou sou incapaz de interpretar suas reações? Confesso que seu rosto é incógnito. O que me dá imensa vontade de decifrá-lo. Ou de ser devorado. Tanto faz.

Queria repetir o que previ no roteiro mental. Você estava com pressa e mal declamei a parte das desculpas.

A glória do fracasso

Saí do seu apartamento sem rumo. Apesar de dar tudo errado, fiquei menos abafado. Consegui realizar os dois objetivos: ver você [estar perto me dava vontade de ███████], e pedir desculpas [fui ridículo, mas foi o que consegui].

Sinais divinos

Continuei sem rumo até chegar ao fundo da Catedral. Fiz o contorno pela lateral, subi a escadaria e sentei no último banco.

No sermão, o padre falava sobre nascer de novo. Recebi essa coincidência como sinal divino. Cumpri minha sina, que renascesse igual à Fênix. Eu misturava fé cristã com paganismo. No altar, Cristo se mantinha com os braços abertos. Tive vontade de abraçá-lo, ele também estava sozinho.

Santificação da carne

Depois de alimentar o espírito, achei justo saciar a carne. Combo 3: x-bacon, mais batata, mais Coca. Nada melhor para se suicidar do que entupir as veias que antes pulsavam de paixão com gordura saturada.

Na entrega, o garçom me olhou com pena. Talvez porque fosse o único sozinho, em meio a mesas de famílias e grupos de amigos.

Enquanto comia, lembrei de quando disse não ter amigos. Fico feliz que agora tenha. Espero que sejam tão boas companhias quanto foi para mim por três noites. E mesmo depois, quando conversei com você em pensamento.

Deixei o lanche pela metade, a garganta ainda doía e a tristeza preenchia o estômago com vazio.

Sábado

No caminho de volta, um homem pediu dinheiro. Que fiz senão mendigar você? Dei uma cédula ao homem, só pelo orgulho de me sentir superior a você por atender o pedido daquele miserável.

Esperei o ônibus e fui para casa.

No trajeto, refleti sobre o ímpeto de resolver assim: agora. E me dei conta de que era sábado, dia em que minha alma, como Deus, decidiu descansar.

Epílogo [para não dizer que ▓▓▓▓▓▓▓▓]

Do roteiro que repeti mil vezes, só consegui dizer uma coisa: se algum dia abrir concurso para novos amigos, mande o edital. Tenho interesse.

Ata redigida por M.
Londrina, ~~10/01/2016~~
~~11/01/2016~~
~~12/01/2016~~
~~14/01/2016~~
15/01/2016

Acabei de ler sem saber o que pensar.

...

Existe lugar e hora para se apaixonar? Há protocolo nunca escrito, cujo peso é de lei talhada na pedra: proibido nutrir qualquer sentimento pelo corpo abatido no sexo casual. Tudo tem que ser impessoal, frio e rápido. Os corpos se encontram para saciar o instinto.

Ele me viu além da superfície. Quebrou a regra e quis me conhecer por dentro. Agarrado à covardia, fechei os olhos para a oportunidade por causa de regras implícitas. A preocupação maior é com o uso do guardanapo do que com o prazer de comer.

Nosso encontro foi improvável. Que é existir senão improbabilidades?

Para se apaixonar é preciso: estar bem-vestido, perfumado, em local apropriado e com pentelhos aparados. Falta espaço para a paixão suada no ônibus ao voltar do trabalho, ou para o desejo entediado na fila do supermercado.

As portas são fechadas na cara das oportunidades pelas regras idiotas criadas por quem? Depois vem a queixa da solidão. Resta a distração dos romances e filmes, enquanto a poesia, que deveria estar presente como pão quente no café da manhã, é descartada em nome de sentimentos protocolares.

Paixão poderia ser necessidade, como sede ou fome. "Deixe-me experimentar você", pediu. Eu disse: "Não". Pior, calei. Poderia ter dito: "Não vai rolar". Ou então: "Não estou a fim, siga seu caminho". Ou ter me permitido, ainda que com medo, viver alguma história. Na tentativa de me proteger, acabei ferido por mim mesmo.

Ao calar, entreguei-o às desventuras da ilusão. Há poucas coisas tão cruéis quanto essa. Crueldade que o motivou a pedir desculpas por gostar de mim. Como se apaixonar-se fosse ofensa.

Por algum motivo, que jamais compreendi, tentou chegar perto. Criança que se encanta com bolha de sabão furta-cor. Seguiu-me. Quanto mais eu me afastava, ele corria, na tentativa de me capturar. Fugi até sumir de vista. Chorou a perda sem saber que, ao escapar, a bolha, que parecia atrativa, estourou se desfazendo em infinitas gotas sem cor.

Ele não compreendia que a bolha de sabão é leve por guardar em si o vazio. Eu estouraria de qualquer jeito. Se tivesse me deixado apanhar, acabaria desfeito em suas mãos. A excitação da criança em busca da esfera flutuante daria lugar à decepção. Saí enquanto era algo interessante, para me poupar de frustrar alguém além de mim.

De todos os erros que cometi, um deles é dos mais ridículos: negar, o tempo todo, que existia quem quisesse me amar. Quando compreendi, era tarde.

NÓS

Troco anos e esqueço meses. Desconheço quanto tempo faz, tudo foi ontem. Mudo a ordem dos acontecimentos, e não tem importância. Sentado numa cadeira dura, escrevo este não diário que ignora a métrica dos dias.

Quantos anos sem que nos víssemos? Quatro ou cinco. Sendo mais preciso, vinte ou trinta e dois. O tempo do calendário é insuficiente para dar conta do que passou.

Enfim terminei a faculdade. Velho, perto dos colegas que concluíram aos 22 anos. Soube, ainda nos primeiros semestres, que me faltava aptidão para ser professor. Os estágios obrigatórios foram penosos. Crianças e, pior, adolescentes são animais selvagens, bonitos de ver em segurança, protegido por grades.

Acabei revisor, lendo trabalhos acadêmicos mal escritos e raros originais de aspirantes a escritor. Quando preciso de mais dinheiro, corrijo redações para ex-colegas empregados em pré-vestibulares. Textos tão ruins que se pudesse ser honesto escreveria em vermelho: "Sua redação é perda de tempo". Mas os pais investem caro, sou obrigado a afagar o ego com elogios.

Assim estava eu: em frente ao computador revisando textos, vários textos ruins. A testa mais estranha. Os grandes óculos continuavam pesando no meio da cara. O prazer resumido a tomar chá no final da tarde e conversar com amigos mortos: Nabokov, Machado, Clarice, Tolstói.

Abandonei tantas coisas. Lápis e cadernos de desenho. Teclas e cordas, para alegria dos vizinhos, em paz sem os ensaios desafinados. Dediquei-me aos erros alheios, apontando problemas de regência e concordância. Ao achar os desacertos dos outros, abdicava da responsabilidade sobre os meus, impossíveis de corrigir ou alterar a conjugação.

Meu irmão se casou, fiquei sozinho no apartamento. Tive que aprender a ser adulto e preparar a própria comida. Thiago passou a me visitar uma vez ao ano, durante as férias.

Retomamos o contato quando ainda estava na faculdade. Necessitávamos de tempo para compreender que término não precisa ser rompimento.

Quantos passos dei até cair? Em algum momento compreendi que as estratégias de proteção falharam e findei refém de mim mesmo. Tropecei no vazio, esse traiçoeiro camuflado no silêncio. "Viverá sem sofrer", prometeu a solidão. Mas logo cravou ventosas na jugular da alma e sugou as forças. Consumiu desejo, tesão, vontade, ímpeto. Padeci de anemia, sem sentimentos sanguíneos, irascíveis, motivadores. Restou-me a apatia, sensação inodora, insípida e bege, que transborda pelo copo oco.

Na tentativa de me proteger, acabei ferido no íntimo. Desses rasgos injustificáveis, como cortar a pele com folha de papel.

...

Separava livros para trocar no sebo quando reencontrei *A solidão dos números primos*. Um redemoinho de lembranças tentou se levantar. Fingi que nada aconteceu. Coloquei os outros livros numa sacola e o devolvi à prateleira.

Caminhei pela rua São Paulo, atravessei o Bosque, sempre com cheiro insuportável de merda de pombo, passei em frente à Catedral, virei na Santa Catarina, até chegar na Mato Grosso. O trajeto de todas as vezes. Podia fazê-lo de olhos fechados.

O gerente do sebo comentou ter novidades no andar de cima.

Subi a escada observando os livros expostos na parede. Procurei a atendente, que costumava separar títulos talvez do meu agrado. Estava ocupada com uma senhora, então resolvi olhar a seção de literatura brasileira.

Quando virei na esquina das estantes, o coração gelou. Recuei antes que me visse. Caminhei rápido em direção à escada, desci degraus a ponto de cair e só ouvi a atendente dizer:

– Separei essa coleção de contos de Tols...
O resto se perdeu na curva da escada.

Saí fugitivo, sem olhar para trás em nenhum momento. Teria me visto? Não deu tempo. E se fingiu não ver? Não, não seria possível.

E se fosse delírio? Ou quem sabe alguém parecido vagando entre as estantes? Eu podia afinal estar louco, vendo alucinações. Quais fantasmas mais apareceriam?

Muitas perguntas, impossível respondê-las.

...

Semanas depois, recebi o pedido de orçamento para revisão de um livro. A surpresa veio na assinatura da mensagem:

Prof. Dr. Miguel Nascimento
Departamento de Ciências Sociais - UEL

Demorei até a noite para responder. Pensamento ainda mais bagunçado diante do inesperado. Podia recusar o trabalho, o que era bem comum. Outra vez caminhos cruzados.

De: Pnin Revisões <pnin_revisoes@gmail.com>
Data: 6 de abril de 2020 22:47
Assunto: RE: Orçamento
Para: Miguel Nascimento <miguel.nascimento@outlook.com>

Prezado professor, segue anexo o orçamento da revisão do seu livro.

Se aceitar a proposta, o prazo é de um mês, a contar do envio do arquivo a ser revisado. Caso fique pronto antes, entrarei em contato.

Atenciosamente,
Pnin Revisões

De: Miguel Nascimento <miguel.nascimento@outlook.com>
Data: 7 de abril de 2020 10:52
Assunto: RE: Orçamento
Para: Pnin Revisões <pnin_revisoes@gmail.com>

Agradeço pelo rápido retorno.

Podemos fechar a revisão. Segue anexo o arquivo.

Uma colega do departamento indicou seu serviço. Ela comentou que é dos mais procurados da cidade. Fico tranquilo por saber que o livro estará em boas mãos.

Se necessário, entre em contato. Segue o número do meu celular: 9191-0306.

Abraço,

Prof. Dr. Miguel Nascimento
Departamento de Ciências Sociais - UEL

Um mês para decidir o que fazer.

...

O livro *Impactos do silêncio na subjetividade* foi resultado da pesquisa de doutorado e discutia a interação nos aplicativos de relacionamento. A partir de entrevistas, pôde concluir que ser ignorado ou bloqueado tinha efeito direto na autoestima do usuário, afetando o desenvolvimento de qualquer contato mais duradouro.

Quando terminei a revisão, não pude ficar impassível. O que ele passou estava no texto: o silêncio forçado e o afastamento, tudo encravado nas palavras. Senti-me constrangido a pedir desculpas depois de ler a dedicatória:

Aos obrigados a silenciar sentimentos, bons ou ruins.

De: Pnin Revisões <pnin_revisoes@gmail.com>
Data: 20 de abril de 2020 15:12
Assunto: Entrega do livro revisado
Para: Miguel Nascimento <miguel.nascimento@outlook.com>

Prezado professor, finalizei a revisão do livro antes do prazo esperado. Gostaria de discutir questões de estilo, que só posso alterar com autorização do autor.

Se for do seu interesse, posso encontrá-lo para conversamos.

Atenciosamente,
Pnin Revisões

De: Miguel Nascimento <miguel.nascimento@outlook.com>
Data: 20 de abril de 2020 16:54
Assunto: RE: Entrega do livro revisado
Para: Pnin Revisões <pnin_revisoes@gmail.com>

Tenho muito interesse em ouvir considerações para melhoria do livro.

Estou disponível terça e quinta, à tarde. Pode vir ao meu apartamento ou podemos nos encontrar na universidade, o que for mais fácil para você.

Aguardo contato,

Prof. Dr. Miguel Nascimento
Departamento de Ciências Sociais - UEL

De: Pnin Revisões <pnin_revisoes@gmail.com>
Data: 20 de abril de 2020 17:32
Assunto: RE: Entrega do livro revisado
Para: Miguel Nascimento <miguel.nascimento@outlook.com>

Se não for incômodo, posso ir ao seu apartamento.

Atenciosamente,
Pnin Revisões

De: Miguel Nascimento <miguel.nascimento@outlook.com>
Data: 20 de abril de 2020 17:45
Assunto: RE: Entrega do livro revisado
Para: Pnin Revisões <pnin_revisoes@gmail.com>

Incômodo algum.

Segue o endereço:

Rua Mato Grosso, 654

Condomínio Ângelo Bazzo, apt. 1902

Abraço,

Prof. Dr. Miguel Nascimento
Departamento de Ciências Sociais - UEL

De: Pnin Revisões <pnin_revisoes@gmail.com>
Data: 20 de abril de 2020 18:07
Assunto: RE: Entrega do livro revisado
Para: Miguel Nascimento <miguel.nascimento@outlook.com>

Podemos marcar na quinta-feira, às 15h30?

Atenciosamente,
Pnin Revisões

De: Miguel Nascimento <miguel.nascimento@outlook.com>
Data: 20 de abril de 2020 20:21
Assunto: RE: Entrega do livro revisado
Para: Pnin Revisões <pnin_revisoes@gmail.com>

Está ótimo esse horário.

Abraço e até quinta.

Prof. Dr. Miguel Nascimento
Departamento de Ciências Sociais - UEL

 Combinamos de nos encontrar, mesmo sem ele perguntar meu nome. Achou mesmo que me chamava Pnin?

...

Na portaria, apresentei-me como o revisor. Entrei apreensivo no elevador. A engrenagem mecânica me deslocou pelo vazio. A cada andar, aumentava a inquietação. O que queria com ele depois de soterrar tudo com silêncio?

Em frente à porta, quis recuar. Descer. Ir embora. Para que fazer vibrar a corda do passado?

Toquei a campainha. Ouvi passos em direção à porta. Meu corpo atingido pela rotação da Terra. A gravidade me achatava. Quase a perder o ar.

Abriu a porta.

Naquele lapso de segundo, soube qual a expressão de quem encara a morte. Não há reação. Estar diante do fim é encontrar o inevitável.

Ambos parados, estáticos.

Se muito ou pouco tempo? Impossível precisar. Há situações em que os segundos se expandem infinitos. Ele me olhava do alto. Eu, diminuindo, tragado pelo chão, afundando como quem sucumbe na areia movediça.

– Posso entrar? – falei com a voz fraca.

Continuou a me olhar impassível. A ausência de resposta se tornou gritante. Fez sinal com a mão para que entrasse. Arrastei o corpo anestesiado.

A porta se fechou nas minhas costas.

Caminhou até a janela. Preferia ter levado um soco a encarar a resposta do nada. Justo eu, incomodado com o ressoar do vazio. Sem saber o que fazer, sentei no sofá.

[silêncio]

Virou-se, calado, e desabou ao meu lado. Inspirou fundo, pesaroso. Quando ia expirar, caiu em pranto convulsivo.

Tremia todo o corpo, curvando o tronco numa contorção de dor. Chorava sem restrições, reverberando na sala o som grave que tentava abafar com as mãos.

Só pude abraçá-lo. Ao fazer isso, seu corpo amoleceu.

A dor era tão palpável que me constrangi. Chorei a culpa em silêncio, abraçado a ele, que me banhava com a salmoura represada.

Quando conseguiu recobrar o controle, desvencilhou-se de mim e jogou o corpo no sofá. Apoiou a cabeça no encosto.

Tentou enxugar o rosto com as mãos. Suspirou fundo para retomar o fôlego.

– O que faz aqui?

[silêncio]

– Precisava falar com você – balbuciei quase inaudível.

[silêncio]

– Já não temos o que falar.
– Quero pedir desculpas.
– Está tudo morto. Desnecessário fazer exumações.

[silêncio]

– Prefere que eu vá embora?

Fez que sim com a cabeça.

Deixei o pen-drive com o livro revisado sobre o aparador ao lado da porta.

Desci atormentado. Os silêncios que deixei pelo caminho voltaram. Revoada de pardais no fim da tarde. Eu queria falar, mesmo sem conseguir articular o quê. Eu queria pedir desculpas, ainda que não soubesse como.

O silêncio, quando é paz de alma, retorna como afagos. Brisa que entra pela janela e balança a cortina. Os silêncios que voltavam eram turbulentos, circulavam na cabeça, misto de culpa e vergonha.

Naquela noite, insônia.

...

De: Miguel Nascimento <miguel.nascimento@outlook.com>
Data: 11 de maio de 2020 11:21
Assunto: (sem assunto)
Para: Pnin Revisões <pnin_revisoes@gmail.com>

Pode me encontrar amanhã, às 16h, no café em que trabalhou?

Miguel

Suspeitei que fosse revidar com silêncio. Mas não era dos que deixam coisas sem ponto-final.

...

O café estava diferente. Todos desconhecidos. O cheiro continuava o mesmo. Aroma concentrado de expresso encarnado nas paredes, nas mesas, nos funcionários, no piso.

Cheguei antes do combinado. Estar à espera era fragmentar o presente e transformá-lo num mosaico de cacos. Agora e ontem misturados com cheiro de café, ressuscitando lembranças.

Ali demos o último abraço, quando entregou a primeira carta. Se soubesse que seria o último, com certeza ele alongaria o tempo. Não dei escolha, contudo.

O turbilhão na cabeça agitou mais quando ele chegou. Cumprimentou-me com boa-tarde cinza. Sorri sem mostrar os dentes. Sentou, cadeira desproporcional para a altura. Expressão séria. Fios brancos em destaque na barba, a escavação dos anos nas entradas do cabelo. Eu também não era o mesmo. Ou era?

Mudamos tanto para acabar igual.

– Está bem?

– Acho que sim – respondeu.

[silêncio]

Sobrevoavam infinitos pensamentos. O que perguntar? O que fazer? Onde pôr as mãos? Para algumas pessoas parece fácil viver. Eu, no entanto, tento me equilibrar em pernas de pau e andar de salto. Paraliso. Tenho medo da queda.
 – Olhei a revisão. Não encontrei sugestões de mudança.
 – Foi pretexto, não tive trabalho com seu livro. Queria te ver.

[silêncio fosco]

 – Pra quê?
 – Pedir desculpas – voz contida.

[silêncio breve]

 – Pensei em você por tantos dias. Até que fingi ter esquecido. Desculpas são desnecessárias. Mas pra que saiba que não guardo mágoas, aceito.
 Apesar do tom grave, parecia ter certa serenidade melancólica em vez de rancor.

 – Quando apareceu, fiquei entalado como se comesse argamassa. Não soube reagir. As recordações na memória, demônio que me habitava sem assustar. Acostumei com ausência, perda e morte. A vida, sua vida, voltou pra me assombrar. O que fingi estar enterrado, veio à tona. Lágrimas que me afogavam saíram todas de vez.

[silêncio]

 – Por que voltou?
 – Não sei.

[mais silêncio]

– Aqui encontrei alguma paz. Talvez queira fincar raízes. Barulho de conversas alheias.

A voz dele estava diferente, contida. Faltava o ímpeto de quando o conheci.

– Quando fui embora, passei a nutrir sentimentos ruins por você. Tentei me convencer de que era um grande idiota. Entendia que não gostasse de mim. Mas fui incapaz de compreender seu desprezo. Poderíamos ser amigos. O coração palpitava forte, impossível dissuadi-lo de querer. O sentimento que jorrava da falta me consumia. Parei de fingir e assumi: amo, sim, mas está morto.

[silêncio curto]

– Comecei a duvidar da sua existência. Tornei-me incapaz de assegurar se era recordação ou fantasia. Tive medo de ficar louco.

[silêncio médio]

– Passei a existir no automático. Considerei justo seu desprezo. Achava que o merecia. Desisti de qualquer perspectiva de afeto. Eu era mais frágil do que suspeitava e sucumbi.

[silêncio longo]

– Também devo desculpas. Perdi a razão e acabei inconveniente, a mendigar e mandar cartas. As palavras batiam no coração e escapavam por dentro. Escalavam as paredes do estômago, subiam pela laringe até entalarem na garganta. Pingavam pelos dedos, e eu escrevia páginas e páginas. Meu corpo reagiu ao seu. Fui tomado pela ira de viver. E tanto quis que, por não poder ter, desejei morrer.

[silêncio]

– Quando conheci você, fiquei fascinado com o vazio que trazia por dentro. Não era vazio de ausência, mas de imensidão. Quis desbravar, descobrir segredos. As palavras que eu gritava reverberavam, pensava ser sua voz, mas era apenas eco. Desculpe, ainda falo demais. Algumas coisas não têm conserto – riu, tentativa apaziguar o próprio ânimo.

[silêncio e silêncio]

– Não sei o que dizer.
– Nada. Não diga nada.
O garçom trouxe o cardápio. Foi a deixa para que pudéssemos calar sem tanto constrangimento.
– O que sugere?
– Mudou tudo aqui – tentei justificar.
– Posso ser irônico? Que tal chá?
– Chá então.
O garçom chegou com as xícaras e o bule expirando vapor.
– Você não se esquece de nada – comentei.
– Tenho esse defeito.
Propôs o brinde:
– Às ironias da vida.
Levantei a xícara. O encontro das porcelanas chamou a atenção do casal adolescente na mesa ao lado, que assistiu com risos dissimulados. Tive vontade de convidá-los a brindar, mas preferi engolir o chá. Eram jovens demais para compreender, logo teriam as próprias desilusões.
Conversamos muito.
Disse que retornou há poucos meses para o Brasil e logo passou no concurso para professor. Comentou como era estranho se situar depois de quatro anos fora. Estava sozinho, não pertencia a lugar nenhum.

Falei do trabalho como revisor. Trocamos dicas de livros. Perguntou se eu ainda tocava. Menti que às vezes.

A despedida do sol alaranjava o céu. Ele falou que precisava ir. Pagamos a conta e caminhamos até a porta.

– Foi sempre bom falar com você – apertou minha mão.

Baixei os olhos. Eu também gostava da companhia, o que tornava injustificável o hiato que provoquei.

Abriu a bolsa que trazia a tiracolo e me entregou um envelope. O motorista acenou do outro lado da rua.

– Fique bem – despediu-se.

Em casa, abri o envelope amarelado.

Barcelona, 16 de abril de 2017

Cheguei a um ponto em que não tenho nenhuma atenção pelo que as pessoas dizem. Elas também se chateiam com minhas conversas. O desinteresse é recíproco. Não há diálogo, apenas falas protocolares, como se estivéssemos num call center: Bom dia, em que posso ajudar? Para reclamações, tecle 2. Falar sobre o clima, tecle 3. Contar algo irrelevante, tecle 4. Tecle 0 para ignorar.

Passo a maior parte do tempo em silêncio. Falta disposição para conversas que nascem mortas. Isso me fez recordar os diálogos que tivemos. Na noite em que dormiu comigo aconteceu tanto, ainda que tenha acontecido nada. Foi só encontro sem pretensão, com sexo desajeitado, talvez mentiras de ambas as partes, mas, acima de tudo, encontro: quando a bobagem nominada alma se expande desnuda e a invenção chamada vida vale qualquer eternidade.

Algumas coisas vencem o esquecimento. Calo para fingir que deixaram de existir, mas estão aqui, guardadas.

Sinto sua falta. Verdadeira saudade, que pulsa feito pelo encravado na memória. Encontro-me atormentado por lembranças. A ausência do que nunca tive me invadiu e não soube reagir. Fiquei inerte, à espera de que a tempestade acabasse. Permaneci parado, tentativa de não ser atingido. Foi impossível, acabei inundado. Tenho medo desse acúmulo, uma hora a barragem rompe e me escorro, sem controle. Preferia chorar.

Chego a acreditar que se tivesse me abandonado sozinho na cama, nada disso teria acontecido. É imprudente dormir abraçado a corpo que não voltará a esquentar. Por isso se faz necessário ir embora depois da transa. Você demorou, encarnou seu cheiro nas paredes, nos travesseiros, nos lençóis. Quando se foi, ficou fundido a mim, como nova essência indecifrável. Talvez isso tenha me inspirado a querer, o cheiro era bom.

Depois de vários dias em silêncio, imerso em livros e artigos, fui tomado por súbita vontade de falar com você. Sinto saudades do Brasil, da língua e das ilusões que tive. Diante da impossibilidade, resolvi escrever esta carta que não enviarei, sequer sei se mora no mesmo endereço.

Vazio e ausência sempre remeteram à ideia divina, motivo pelo qual devo ter colocado sua existência imaginada num lugar de devoção. Sua falta se transformou no desejo de ter o que inexiste: a ilusão que imagino ser você.

Por mais que compreenda esse processo de forma racional, é impossível exorcizar a imaginação de você instalada em mim. Estou preso ao presente, à ausência, condenado ao silêncio. Como extensão de mim, estas palavras serão entregues ao abandono de não ter quem as leia. Assim como meu corpo está entregue à distância permanente do seu.

M.

Terminei a leitura sufocado.

Procurei na estante a caixa de madeira, soterrada entre livros. Nela, as cartas. Jamais relidas, até aquela noite. Revisitei as palavras aprisionadas nos papéis com cheiro de tempo. A cada parágrafo, sufocava-me ainda mais.

Saturado de palavras, rompi silêncio e medo:
– Também quero te amar.
Tive coragem de assumir o peso daqueles sentimentos expostos. Eu o queria por perto. Sim, podíamos nos experimentar outra vez. O corpo formigou. Coração palpitando com a novidade de poder voltar a bater forte. Respiração acelerada pela síncope da revelação. As células repassavam a novidade para as vizinhas. As veias dilatadas faziam a torrente de sangue correr com mais força. Sim, eu o queria.
Aproveitei o torpor até a rajada fria subir do cóccix à nuca: a resposta estava atrasada em tantos anos. As palavras que abriram meu coração foram ditas em outro tempo, quando os sentimentos dele eram latejantes. Já se fazia noite. Mais uma vez chegava tarde à minha própria vida.
Não sei o que me motivou a ligar, mas liguei.
– É tarde, mas te quero.
Apenas a respiração do outro lado. Com medo da resposta, desliguei.
Retornou. Considerei deixar tocar até cair. Atendi.
O que conversamos. Se conversamos. Por que conversamos.
– Por qual motivo me atormenta?
Motivo? Qual? Por? Tormenta? Palavras girando todas na cabeça. Boca seca. Mãos frias. Respiração ofegante. Me?
– Acho que te amo!
Te! Que! Acho... Perdido. Lacunas. Melhor desligar. Não sei para que liguei. Esquece. Foi engano. Sonho maluco. Melhor acordar. Amo!
– Posso te ver?
Ver? Te? Dentro do táxi. Fui. Onde. Quem. Que dia é hoje? Vida passando rápido lá fora. Estou tonto. Não sei o que estou fazendo. Posso!

Entrei num elevador. Acho que era elevador. Desceu ou subiu? O que acontece depois que acaba? Quando a vida começa? Recomeçar? A vida é quando? Não. Sim.

[silêncio]

Mentira. Nunca houve silêncio. Sempre zumbidos e confusão na cabeça.

Silêncio era tudo que não queria ouvir.

Grito de socorro. Desejo de afeto. Pedido de beijo.

Beijo. Sim, foi isso. Ele parado em minha frente. Antes, abraço. Acho que foi abraço. Não, foi nariz passeando pelo pescoço. Teve calor dos corpos juntos. Acho que corpos e juntos. Meu corpo e ele, juntos. Nós, juntos.

> Teve, tenho certeza: beijo.

Duas crianças perdidas na praia. Ambas se encontram e dão as mãos sem saber por quê. Juntas têm menos medo, mesmo que continuem desnorteadas entre pares de pernas e bundas empanadas de areia. Os pais nunca voltariam.

Nenhuma praia, tampouco crianças. Eu e ele, adultos entre prédios, e carros, e concreto. Nós, abstratos, deslocados na cidade e com menos medos por isso.

Acabamos dividindo o apartamento e, em algumas noites, a mesma cama.

Mantivemos quartos separados. Desnecessária a performance casamento-padrão. Queríamos qualquer partilha.

Cada um com seu espaço e rotina. Ele preparando aulas e artigos, eu revisando textos e corrigindo redações.

Tudo tão rápido.

Rápido? Quanto é necessário esperar para tentar se fazer feliz? O que é preciso perder para perceber que certas coisas não precisam de tempo? Que é o tempo?

Conhecíamos muito dos defeitos um do outro. Eu cheio de silêncio e certo medo disfarçado de apatia. Ele impulsivo e movido por sentimentos que, por vezes, o cegava. A descoberta foi das qualidades, de outros defeitos e manias.

De que adiantaria remoer o que foi pisado? O desafio consistiu em encontrar conexões que se mantivessem diante das várias diferenças. O passado existia, impossível negá-lo. Passamos até a rir da falta de lógica de como a história começou. A possibilidade de futuro, com suas páginas em branco, se apresentava mais promissora do que recitar ladainha das dores vividas.

Dividir o apartamento e os dias com ele foi usar sapato novo: no começo aperta, faz calo, é incômodo. Após algum uso, laceia, molda-se ao pé. O conforto veio logo. Com ele a intimidade dos pés descalços, a se encontrarem desnudos, íntimos, para descansar da caminhada.

Estava acostumado com o silêncio e a falsa paz da solidão. Cheguei a considerar um erro convidá-lo para morarmos juntos. Só depois me dei conta, não existe: dar certo. Importa o diálogo, único meio de unir pedaços distintos.

Meu silêncio o acalmava, e a verborragia dele me incentivava a sair da estagnação. Às vezes, a melhor combinação é o contraste, sendo necessário bom senso.

Chegou feito planta trepadeira. Brotou os primeiros ramos em minha direção, o que me assustou. Cresceu sem pressa, porém com insistência. Numa ânsia de contato, lançou gavinhas, que se agarravam a qualquer pedaço. Quando percebi, estava envolvido por completo. Enroscado a mim, espalhou-se e tomou conta de tudo, com folhagem de vívido verde.

Em vez de me sufocar, como sempre temi, passamos a crescer juntos. Enroscamos nossas frágeis estruturas para conseguir suporte. Eu, que pensava ser planta rasteira, podia subir, bastava algum apoio que direcionasse o crescimento para cima.

...

Mexia no notebook quando entrei no escritório enxugando as mãos num pano de prato.

— Por que não me adicionou no Facebook?

— Hã?

— Me perseguiu de tantas formas, lá não me procurou.

— Nunca fui de adicionar. Quando me adicionam, decido se aceito.

— Humm.

— E de que adiantaria? Recusaria o convite mesmo.

— É provável.

— Por que isso agora?
— Sempre tive a impressão de que me stalkeava. Gargalhou.
— Vivia fuçando seu perfil, até que bloqueou a conta. Aí...
— O quê?
— Fazia trambiques pra ver fotos. Também acompanhava as páginas que curtia.
— Stalkerzinho barato, perseguia meus passos virtuais.
— Foi o que restou. Catei migalhas pela internet. Depois desisti, aceitei que perdi.
— Psicopata. Isso é a sua vingança. Ainda vai me matar.
— Mato, sim, e sei como...
Começou a fazer cócegas. Eu me contorcendo todo.
— Pare! Pare!
Mais cócegas.
— Pare, doido! Preciso respirar. Pareee!
Outras cócegas.
Tentei controlar o corpo em convulsão. Juntei o que restava das forças, segurei a cabeça dele e o beijei com força. Caiu sem fôlego em cima de mim.

Na maior parte do tempo, uma criança: mordia, puxava cabelo, tentava enfiar o dedo no olho, batia na bunda, colocava apelidos, tentava enfiar o dedo no nariz, invadia a cueca, apertava meus mamilos, mandava calar a boca, dava língua, fazia birra, tentava enfiar o dedo no ouvido. Quem estava de fora jamais imaginaria como o professor doutor, responsável e sério, era atentado. Muitas vezes acordava para perturbar, sorria maníaco e dizia que me amava.

Outros dias, levantava sério. Sentava na poltrona e lia Tolstói ou algum livro pesado. Calado, não dizia sequer um bom-dia. Do nada, lembrava qualquer bobagem e começava a rir.

Mudava de humor de repente, ficava feliz feito menino gordo que ganha bolo da avó.

Tê-lo em casa era manter os espaços ocupados. Ele se espalhava por todos os cômodos. Deixava rastro, alguma bagunça, coisas fora do lugar. Ao mesmo tempo que podia ser orangotango em loja de cristais, sabia ser leve e respeitar meu silêncio. Percebia quando eu precisava ficar só e me deixava quieto.

...

Estávamos nos arrumando para jantar fora quando o passado se fez presente.

– Que cheiro é esse?

Estendeu o pulso.

– Conheço de algum lugar.
– É meu perfume predileto.
– Nunca usou antes.
– Uso em ocasiões especiais.

[silêncio]

– O cheiro das cartas. É isso.
– Verdade, borrifava nas cartas. Como sou brega.
– Maldito, o perfume se espalhou pelo quarto por dias.
– É ruim?
– Pelo contrário. Quando me acostumei, o cheiro começou a desaparecer.
– Acho é pouco. Só assim imagina o que passei.

Descobri o cheiro das cartas. Na pele quente e viva, o perfume era ainda melhor.

...

– Que ano é hoje? – fechou a porta.

Quando chegava atacado, certeza: alguma coisa tinha acontecido na universidade.
— O que houve?
— Não dá pra suportar viado machista.
— Brigou com quem dessa vez?
— Acredita que Marcelo veio dizer que tem nojo de buceta?
— Quem é Marcelo?
— O professor novo que chegou de São Paulo. Falei dele.
— Ah, sim. E você já arrumou confusão?
— Falei que não há nada pra ter nojo em buceta.
— E ele?
— O idiota disse que era brincadeira. Tem nem coragem de assumir a merda.
— Não vá criar inimizades. Sabe que doutores têm ego gigante.
— Que se atirem do ego e morram. Estudam tanto pra nada. Deixem as bucetas em paz. Saudades...
— Como é?
Riu.
— Sente mesmo falta de transar com mulher?
— Às vezes.
— Olha, que safado.
— Perguntou porque quis.
— Quer dizer que é melhor?
— É mais prático, mulheres são autolubrificantes. Em contrapartida, tem risco de gravidez. Isso é sempre tenso.

[silêncio]

— Ficou com raiva?
— Não.
— Olhe, deixe de coisa.

Tive ciúmes. Medo que enjoasse de mim. E se inventasse que queria filhos? Do jeito que era imprevisível, podia ir embora. Sumir sem dar satisfação.

Ri.

— Ficou doido também?

— Imaginei você indo embora pra ter filhos com uma mulher.

— Devia ir mesmo, seu bocó.

Subiu em mim e começou a fazer cócegas.

— Quero que me engravide!

— Doido...

Das cócegas vieram beijos. Roupas jogadas pela sala. Sussurros. Gemidos. Gotas de suor. Corpos nus entrelaçados no sofá. Respiração ofegante.

Ele não iria embora.

...

Tirava a roupa da máquina quando ele parou ao lado da geladeira de braços cruzados.

— Por que está me olhando com essa cara?

— Devia ter vergonha.

— O que fiz?

— Me fez sofrer.

Parecia mesmo chateado.

— Você tem cada uma.

— Está feliz comigo?

— Qual o motivo disso agora?

— Responda.

— Desnecessário dizer o que é óbvio.

— Então...

— ... O quê?

— Podíamos ser felizes bem antes, idiota!

— As coisas acontecem quando têm que acontecer.

– Nem vem com essa conversinha de autoajuda.

[silêncio]

– Desde o começo soube que queria tentar com você.
– O importante é que estamos bem, não?
– Perdemos vários dias felizes. Aliás, você perdeu. Sempre estive comigo e sou ótimo – riu. – Eu devia sumir. Só de vingança pelo que me fez passar. Sua sorte é que sou maduro – abriu a geladeira.
– Maduro? Tem idade mental de 12 anos.
Deu as costas e saiu da cozinha abrindo um iogurte.
Continuei estendendo a roupa, ri com a birra infantil. Era o jeito de dizer que me amava.

...

Ouvi o grito vindo da sala.
Encontrei-o jogado no sofá, tentava alcançar o mindinho do pé.
– Estou sangrando.
A pancada quebrou a unha, que cortou a pele por baixo.
– Esse piano não serve de nada.
– Meu irmão dizia a mesma coisa.
Ajudei a cortar o pedaço da unha.
– Você nem toca, por que não vende? Alguém pode fazer melhor proveito.
– Que implicância com o piano.
– Só serve de aparador pra bagunça.
– Servir ou não servir, sempre isso.
Nada demais. Rasgo superficial na pele. Nem precisou de curativo.
– Já que tem o piano, toque.

[silêncio]

— Tinha tantas composições e versões na internet. Do nada apagou tudo.

[silêncio impaciente]

— Por que desistiu de ser músico?
— Querer, na maioria das vezes, não adianta de nada.
— Como está bruto.
Faltava resposta para: por qual motivo...

[silêncio]

— Tocava pra acalmar a mim mesmo.
— E por que deixou de tocar?
O vulto do pai acomodado no banquinho do piano.
— Não sei.
Primeiras aulas em casa. "Precisa ser o melhor." Críticas severas. Eu, só uma criança.
— Perdeu a vontade?
— Quanta pergunta.
Medo de errar. Autocrítica paralisante. O que deveria ser prazer virou frustração.
— Se eu soubesse tocar algum instrumento, viveria disso.

[silêncio]

— O piano era do pai. Queria que aprendêssemos pra compensar o desgosto de não ter sido músico. Meu irmão nunca levou jeito. Aprendi os primeiros acordes em casa, depois fiz aulas no conservatório. Quando errava, um sentimento ruim explodia por dentro. Tomado pela sensação de incompetência, inútil. Preferi assumir a frustração hereditária.
O espectro do pai olhando com reprovação.
— Não pense assim. Erros fazem parte do aprendizado.

[silêncio]
— Nunca mais vai tocar?
— Não sei.
— Nem o cello que tocava tão bem?
— Perguntas, perguntas e perguntas. Que saco.
Voltei para o quarto. Ele continuou a varrer a casa.

...

No meio do jantar, falou do nada:
— Não te amo.
— Por que diz isso, doido?
— Amor é conceito datado. O que sinto é outra coisa. Preciso inventar um nome.
— Pra que nome?
— Sem nome as coisas não existem.
— Como não?
— Deus só existiu depois que inventaram esse nome.
— Melhor comer antes que esfrie.
Começava alguma teoria maluca e esquecia de comer. Quase sempre ficava por último na mesa. Nos dias que estava com fome, comia tudo em cinco minutos, desesperado, depois começava a falar sem parar.
Dar corda para ele era se preparar para ouvir discursos improvisados sobre qualquer assunto. Completo especialista em grandes nadas.
Antes de dormir, amassou meu nariz com o dedo.
— Te preciso.
— Precisa de quê?
— De você, oras. É melhor que dizer eu te amo. Amar é supérfluo. Só ama se sobrar tempo. Precisar é necessidade, igual a comer. A partir de hoje direi: te preciso.

Tentou enfiar o dedo no meu nariz.

Apenas o abracei forte, meu jeito de dizer te preciso também. Ele aprendeu a compreender o silêncio.

...

Cheguei do supermercado carregado de sacolas. Da cozinha, ecoava o dueto.

> [...]
> *Meu bem, o meu lugar é onde você quer que ele seja*
> *Não quero o que a cabeça pensa, eu quero o que a alma deseja*
> *Arco-íris, anjo rebelde, eu quero o corpo*
> *Tenho pressa de viver*
>
> *Mas quando você me amar, me abrace e me beije bem devagar*
> *Que é para eu ter tempo, tempo de me apaixonar*
> [...]

Pela primeira vez prestei atenção à letra de *Coração Selvagem*, como me ensinou depois. Pude entender o motivo de se sentir próximo de Belchior. Era dos que se atira de cabeça numa paixão sem medir consequências. Brincava que eram amigos que não se conheceram pessoalmente.

Engraçado como estava próximo do universo das letras românticas e bregas. Divertia-se com o excesso, sabia que carregava sentimentos vermelho-sangue. Apesar de bastante racional em quase tudo, ficava vulnerável quando se via diante do coração pulsante.

Ele me fez descobrir o prazer dos pequenos exageros. Colorir os dias com risos aberrantes em amarelo-ouro ou dar beijo que se derramasse verde-neon pelo corpo. Aprendi a transitar entre a contemplação silenciosa e o arroubo sentimental. Descobri que é possível ser ambos.

...

— Está tão frio — entrou no quarto arrastando o edredom. — Vou dormir aqui com você.

Coloquei o livro na mesinha ao lado da cama e me afastei para dar espaço. Deitou bagunçando o cobertor. Um grito de frio invadiu o calor aprisionado.

Jogou o edredom por cima do cobertor. O tecido grosso caiu desarrumado, relevo de dunas disformes.

Agarrou meu corpo com muitos braços.

— Credo, seus pés estão gelados mesmo com meias.

— Me esquente.

Aninhou-se, roçando os pés frios nos meus.

Respiração profunda embalava o silêncio.

— Você é sempre quente — passeou a mão por baixo do moletom. — Seu coração é assustado. Olhe como bate rápido, parece passarinho.

[silêncio]

— Lembra da noite em que nos conhecemos? Estava frio também.

Esfreguei os pés nos dele.

— Nós embaixo do edredom, pelados. Eu queria chegar mais perto, ficar agarrado, mas mal nos conhecíamos. Passeei com o dedo por seu rosto e adormeceu. Observei você dormir até cair no sono.

[silêncio morno]

— Não entendo por que se interessou por mim.

— Seu rosto silencioso e profundo. Fui atraído a querer cada vez mais perto. Chegar perto a ponto de desfocar e encontrar o que está além da pele.

Esfreguei outra vez os pés nos dele, começavam a esquentar.

Aglutinados, fizemos verão embaixo do edredom.

Aos poucos, tricotamos manta para dois, que pudesse nos aquecer quando fosse preciso. Cobrir-nos para fingir que nada fora poderia penetrar a trama urdida com paciência, feita de fios de várias cores. Para tecê-la, aprendemos a desnovelar problemas, esticando os fios embolados. Aprendemos também a atar pontas, dar nós. Foi o que eu e ele nos tornamos: nós.

Janeiro, talvez fevereiro. Thiago de férias, visitava os pais. Convidei-o para ir ao apartamento, assim conheceria Miguel, que retornaria de viagem a tempo do jantar.

Chegou ao anoitecer. Vinho na mão.

Na cozinha, risadas ao lembrar bobagens do passado enquanto picava cebolas. Thiago ficou responsável por cortar cogumelos e comentar a passagem dos anos.

– Ah, vai, nem mudamos tanto. Ainda enxergo o menino esquisito que desenhava no recreio.

– E você continua o estranho que fotografava o nada pela cidade.

Rimos.

Conversamos muitos assuntos no preparo do jantar. Thiago me deixava aconchegado mesmo depois de tempos. Talvez amizade seja isso, ter o que falar além do passado, da carreira profissional e dos acontecimentos externos. Amigo é com quem posso falar de dentro para dentro.

Ouvi quando a porta abriu. As rodas da mala sapatearam sobre o piso de madeira. Fui à sala vê-lo. Sorriu, com todos os dentes, e estendeu os braços. Alguns passos e caí no abraço, armadilha que sempre me prendeu. Beijo, sem pressa. E novamente. E outra vez. O cheiro quente de corpo pulsante. Coração apressado no peito. Ele me apertou forte, atando mais o nó de braços.

– Senti tanto sua falta. O congresso foi chato, gente esnobe por todos os lados.

– Aqui fica silencioso sem você.

– E não curte silêncio?

– Acho que me acostumei com seu barulho.

Outro beijo. Matando a vontade do gosto dele.

– Sozinho no hotel, pensava: viveria sem você, mas gosto do sentido que temos juntos.

– Diz umas coisas que nem sei responder.

– Não diga nada. É bom quando falamos sem palavras. Beijo silencioso.

– Que cheiro é esse?
– Adivinha.
– Risoto... de funghi.
– Tá bom de faro.
– Pelo visto vamos aproveitar a noite – apertou minha bunda.
– Besta. Vamos pra cozinha, temos visita.
– Quem?

Apresentações foram desnecessárias. Reconheceu das fotos que encontrou na internet. Cumprimentaram-se de forma protocolar. Miguel sério. Bebeu água com ar de desagrado.

– Está com fome? – quis saber.
– Pouca.

Pediu licença para tomar banho. Saiu pelo corredor arrastando a mala.

Thiago continuou a me fazer rir com histórias da escola. Lembranças do tempo que ficamos sem nos falar quiseram vir à tona, afoguei colocando água no arroz.

Finalizei o risoto e gritei por Miguel.

Foi engraçado ter os dois à mesa. Primeiro e último. Censurei um pensamento que buscava brecha para sair. Não, isso não. Calei a imaginação.

Taças de vinho fizeram as palavras render. Eu e Thiago emendávamos um assunto no outro. Miguel fazia comentários soltos ou respondia quando perguntava alguma coisa. Oferecia expressão de enfado.

– Estou com dor de cabeça, vou pedir licença – disse saindo da mesa.

Em meio aos pratos vazios, outra garrafa de vinho. Conversamos até perder a hora. Quando Thiago se deu conta, passava da meia-noite. Ainda precisava dirigir até Arapongas. Perguntei se não queria dormir em casa depois tanto vinho. Preferiu ir embora.

Desci com ele até a portaria e nos despedimos com abraço arrastado. Lembro que fazia frio, portanto, não foi janeiro, mas algum mês do outono, talvez maio.

Voltei ao apartamento, Miguel no computador.

– E a dor de cabeça?

– Tomei remédio e melhorei um pouco.

– Por que não voltou pra sala?

– Não quis atrapalhar.

– Atrapalhar o quê?

– Estavam bem sozinhos. Rindo... Ele te deixa bem descontraído.

– Ficou calado durante todo o jantar. Você não é assim.

– Nem sempre tenho o que dizer.

Fui à cozinha lavar os pratos, meio bêbado.

Indo para o banho, vi o vulto no quarto. Caminhei sem fazer barulho e encontrei Miguel cheirando os travesseiros.

– Que tá fazendo?

Miguel se assustou.

– Ele dormiu aqui esses dias?

[silêncio tenso]

– O que está insinuando?

– Volto pra casa e tem outro.

– Não tô acreditando.

– Eu que fiquei sem acreditar quando dei de cara com seu ex na cozinha. Se não tivesse chegado, qual seria o jantar?

– Levanta suspeita depois de passar dias fora – voz alterada por raiva e vinho. – Será que devo cheirar suas camisas também?

– Vai sobrar pra mim?
– Nunca tive nenhuma desconfiança. Mas sua suposição pode esconder algo. Até porque vive em congresso... – cuspi ácido.
– Não imaginei que pudesse ser tão escroto.
– Cheira travesseiros, faz insinuações e eu que sou escroto? Viado de merda!
– De que me chamou?
– Viado de merda!
Segurou pela gola da camiseta. Fiquei parado, na afronta.
– Bata se for homem.
Empurrou-me contra a parede e saiu. Em mim não tocou, mas bateu forte a porta do quarto.

Estávamos despreparados para aquele desentendimento. Os dias rosa-bebê e azul-celeste. De repente caiu tomate podre, sujou tudo de vermelho e preto. O conto de fadas ganhou palavrão e violência. Os dedos erraram as teclas e o pianíssimo foi interrompido com dissonância desagradável.

Podia ter acabado pior. Podia ter acabado, inclusive.

Dois dias com portas trancadas. Daquele jeito seria insustentável. Encontrei coragem e bati na porta dele. Éramos obrigados a assumir a idiotice conjunta ou repartir ao meio e cada um seguir seu rumo. Tentou se justificar com o estresse da viagem. Eu me defendi com o vinho. Por fim, assumimos o erro.

Foi estranha a reaproximação. Clima de rinha, com certa apreensão no ar. Os ânimos assentaram e nos aproximamos sem bicadas. Cada um guardou a medalha da desonra para tentar não repetir a cena vergonhosa.

O amor de um homem por outro é perigoso. Os dois se encaram no espelho: iguais apesar de diferentes, diferentes ainda que iguais. O avesso da máscara esconde a frustração violenta de si. Como Narciso encantado pelo próprio reflexo, qualquer onda que agite a superfície da água turva a imagem idealizada.

Por mais que disfarcem, homens, mesmo que se amem, estão sempre a medir forças. Aliás, a tentar ocultar fraquezas. E dessa dissimulação cresce risco imensurável, que pode explodir feito galão de gasolina perto do fogo.

Depois desse episódio, aprendemos a não espalhar fagulhas. Alguém poderia sair ferido. Ou ambos.

Final de semana em arapongas. O combinado era dormir sexta e sábado, com volta programada para domingo depois do almoço.

Miguel conversou a viagem inteira com Renata. Eu e meu irmão, como de costume, silenciosos.

Minha mãe sorriu ao abrir o portão. Primeira vez que ela e Miguel se viram. Receei qualquer constrangimento no encontro. Jamais voltamos a falar sobre "o assunto", e ela sabia que morávamos juntos. Quando se abraçaram, sem cerimônia, percebi que talvez fosse desnecessário me preocupar. Logo estavam no quintal, ele com o gato nos braços, elogiando o cuidado dela com as plantas.

Aproveitei o entendimento dos dois e fui ao antigo quarto. O cheiro nunca muda, mesmo que se passem anos. Continua igual ainda agora. Atravessar a porta sempre foi reencontro com lembranças que saíam de cada pedaço. Sentei no colchão sobre o qual tantas vezes tive medo, e fiquei acordado de madrugada, e bati punheta, e ensaiei com o cello entre as pernas, e tive dúvidas, e pode ser até que tenha chorado. Apesar de saber que não é mais meu pedaço no mundo, estar aqui é confortável.

Depois do jantar, minha mãe desenterrou álbuns do guarda-roupa. Miguel e Renata riam sem pudor a cada fotografia, com detalhes recordados pela infindável memória materna.

Ao se deparar com o retrato do casamento, minha mãe ficou quieta. Talvez assombrada pelo passado congelado no papel.

– Você se parece com ele – Miguel comentou olhando para mim.

Minha mãe me observou curiosa, procurava o que do pai resistiu à mistura dos genes.

– Lembra mesmo – reforçou. – Antes seu irmão que parecia, mas engordou e perdeu as feições.

Acredito que meu irmão desgostou da conversa, sempre teve orgulho de se assemelhar com o pai, em fisionomia e gostos.

A lembrança ressuscitada, antes estática no retrato, reencarnou em mim. Minha mãe me olhou e sorriu.

Renata e meu irmão deram boa noite e foram para o quarto. Miguel continuou rindo das fotos.

— Vou dormir — disse levantando. — Fico no meu quarto e você no de hóspedes.

Minha mãe olhou exclamativa:

— Por qual motivo?

— O quê, mãe?

— O quarto de hóspedes tem cama de casal. Dormem os dois lá.

Meus olhos encontraram os dele, ambos surpresos com a reação irritada, sincera e amável da minha mãe.

...

— Seus pés são tortos pra dentro. Os meus, pra fora. A gente se equilibra.

— Hã? — perguntei sem entender.

— Nossos sapatos... Os seus são comidos na parte de dentro. Vê os meus, furados do lado que fica pra fora.

— Presta atenção em cada coisa.

— Por ser atento, descobri você. Nem todo mundo contempla belezas silenciosas como a sua.

— Pare.

— Com o quê?

— Sabe que não gosto de elogios.

— Pois grito: gosto do seu cheiro, da sua voz, do seu sabor. Gosto de você inteiro.

— Quieto.

— De você, gosto até do que não gosto.

Calei-o com beijo. Único jeito para que falasse sem tantas palavras. Com ele aprendi a beijar em primeira pessoa. Antes eram apenas línguas transitivas e indiretas.

...

Na poltrona do escritório, ele lia. Eu, na escrivaninha, revisava uma tese, quando falei sem respirar:

– Não dá! Escreve a marretadas. Impossível entender o que o cidadão diz e ainda ganhará título de doutor. Se não sabe escrever, faça outra coisa. Dá vontade de mandar e-mail: "Caro doutor, seu trabalho é uma perda de tempo. Perdeu tempo você, eu perdi tempo, vai perder tempo a banca. E, por favor, entregue versões digitais, árvores não merecem morrer por isso".

Largado na poltrona, ria.

– Tá rindo de quê?

– Você surtado, falando louco.

– Viver com doido dá nisso.

Talvez pela convivência, que misturou meias e cuecas na gaveta, passou a ponderar as palavras. Acabou mais tranquilo, ainda que mantivesse o ímpeto e certa petulância provocativa. No começo me chateava, depois me divertia. Isso era ele.

Comecei a falar mais, inclusive a rebater as provocações.

As fronteiras ficaram imprecisas. Café tingiu o leite.

...

– Ouvindo rock? – surpreendi-me.

– Nem só de Belchior e Diana é feita a trilha da minha vida.

– Essa música é dos Beatles?

– Não sei. É de um filme.

– Que filme?

– *Felizes juntos*.

– É o nome da música em inglês, *Happy together*.
– Li na internet que essa versão foi gravada a pedido do diretor.
– Qual o enredo?
– Namorados que se perdem na Argentina, quando viajavam pra conhecer as Cataratas.
– Você e seus filmes doidos. Sinopse sem sentido.
– Calado, o filme é ótimo. Chorei por sua causa.
– Minha mesmo, não.
– Sim, sua. Foi logo que mudei pra Espanha. Achei que fosse enlouquecer, tudo fazia lembrar você. Plagiou uma das falas do filme, inclusive.
– Qual?
– "Não me procure mais."
– Ainda se lembra disso?
– Tem como esquecer? Maldito e-mail. Acabei doente por causa dele.

[silêncio]

– Vamos assistir hoje à noite? – propus.
– Se estiver a fim, coloque pra baixar.
Começou um tango e ele me puxou para dançar. Dois patos mancos se mexiam pela sala. Caímos no sofá dando risada.
– Doido.
– Por você. Doido por você.
Cócegas na minha barriga.
Conflito passional de viados chineses perdidos na Argentina, como havia resumido. Enredo fragmentado, narrado em episódios soltos. Muitos motivos para se lembrar de mim, inclusive a fatídica frase: "Não me procure mais".
Tentou disfarçar, mas chorou. Em mais de dois anos juntos, ou talvez três, nunca o vi chorar. Minto, chorou, sim, quando

nos reencontramos. O filme mexeu com lembranças. Preferi não atrapalhar as lágrimas.

– Não imaginei chorar outra vez vendo esse filme.

Encostei a cabeça no peito dele e permaneci calado.

– Da primeira vez, chorei com a certeza de que nunca veria um filme abraçado a você. Hoje chorei por estar ao meu lado assistindo justo esse filme.

– Felizes juntos, certo?

Apertou-me forte.

...

O porteiro interfonou, havia chegado uma caixa.

– Tem encomenda pra você – avisei a ele.

– Até que enfim.

– Comprou o quê?

– Umas coisas.

– Mais livros?

– Me deixe.

– Daqui a pouco vai faltar espaço.

– Compro outra estante.

– Não entendo, compra e deixa no plástico. Sequer abre pra folhear.

– Abro quando for ler. Assim continua novo.

– Nem termina de ler e já compra outros.

[silêncio breve]

– Quer ouvir uma história triste?

– Conte.

– Sozinho na Espanha, procurava algum sentido. Longe das pessoas e lugares que amava, o doutorado uma chatice, a bagunça dos sentimentos me atormentava. Contando parece tristeza momentânea, mas não encontrava motivação em nada.

Olhei pela janela do décimo andar. Considerei que seria melhor desistir. Janela aberta, chão distante, a pergunta insistente: algum motivo pra continuar? Foi quando me lembrei da leitura inacabada de Um sopro de vida, abandonado na mesinha ao lado da cama. Fechei a janela e na mesma noite acabei de ler. A conversa com Clarice tomou meu tempo. Desde então, sempre tenho livros novos. Entrei em descontrole e compro mais do que posso ler, talvez medo de ser tomado por aquela angústia pegajosa outra vez. Foi o artifício pra continuar.

[silêncio asmático]

Desceu para pegar a caixa na portaria.

...

— Venha cá — gritei ao colocar as compras na mesa.
Ele entrou na cozinha descalço.
— O que é?
— Trouxe da feira pra você.
— Querido — disse ao receber o cacto, que exibia pequenas flores em meio aos espinhos ouriçados.
— Achei bonito assim florido, suspeitei que ia gostar.
— Adorei, mas essas flores são uma maldade.
— Como assim?
— São de mentira.
— Não pode ser...
— São sempre-vivas, mortas, espetam na planta, um castigo — comentou enquanto puxava uma das flores. O talo seco enfiado no corpo do cacto saiu inteiro, deixando um pequeno furo.
— Nossa, que coisa absurda.
— Tudo pelas aparências. Vou tirar essas porcarias. Pegue a canela no armário.

– Pra quê?

– Vou colocar nos furos, ajuda a cicatrizar e evita que entre fungos ou bactérias.

– Ui, todo entendido de botânica.

– Me respeite que sou uma velha, não dado a ciências.

Entreguei o frasco e observei ele derramar o pó com cuidado nos furos deixados pelas flores falsas.

– Acho bonito esse cuidado que tem com as plantas.

– Bem que podia se interessar.

– Não levo jeito.

– É questão de interesse, não de jeito.

– Vai começar a palestra?

– Nem vou perder tempo com você. Tenho que achar um lugar na varanda, onde pegue sol.

Guardei a canela no armário.

– Esse cacto é a sua cara – comentou olhando-o de perto.

– Por quê?

– Se veste com espinhos pra que ninguém se aproxime. Parece ameaçador, mas é só adaptação pra sobreviver num meio hostil e proteger o interior mole.

– Cheio de história você.

Ele foi à varanda procurar um lugar para o cacto. Eu limpei a bagunça na mesa, olhando para a flores mortas salpicadas de canela enquanto refletia sobre meus espinhos.

...

Chegou eufórico. Trazia uma máquina de escrever, comprada de algum estudante que vendia coisas usadas na universidade. Sem a tecla de espaço, a fita velha e as letras emperradas.

– Pare de botar defeito. É uma Remington e só custou 30 reais. Darei um jeito nela.

Parecia criança com brinquedo novo. Passou a noite limpando a máquina com pincel e cotonetes. Do escritório, ouvia o barulho das hastes de metal espancando o papel. Fechei a porta para não atrapalhar a leitura do texto que revisava.

Fui beber água quando vi a bagunça: a mesa da cozinha suja, com marcas pretas de dedos e espirros oleosos do spray de silicone. Folhas, também manchadas, espalhadas na mesa e no chão. No papel enroscado na máquina, sequências aleatórias para testar as teclas. Em meio a letras enfileiradas, frases soltas que tentavam se juntar num sentido:

O futuro não eziste, quero que esteja comigo agora

Não ficaremos juntos pra sempre

O presente é a única eternidade possível

– Ei! Não mexa na minha intimidade.
– Só quero que limpe essa bagunça.
Tapa na minha bunda.
– Ah, suas frases são boas, mas existe é com X.
– Revisa até lixo agora, seu chato?
Desenrolou a folha da máquina e riu com o erro. Largou em cima da mesa, junto dos outros papéis amassados. Segui a intuição de guardá-lo.

...

Falar de amor é fácil. Difícil é não encontrar posição para dormir, acabar com o braço dormente, querendo empurrar o corpo intruso da cama. O amor e suas invasões, às vezes bem incômodo. Porém é invasão consensual, o que dá certa graça, mesmo que o braço termine dolorido e o sono não seja dos melhores. Por isso preferimos, quase sempre, dormir em camas separadas.

O mais importante da vida a dois foi aprender a partilhar. O receio de ser pisoteado pelos desejos alheios deu lugar ao prazer de dividir experiências com quem se importava com minha existência.

Compartilhar foi levar cotovelada na madrugada. Discutir pelo choque de dois mundos. Abrir mão do orgulho. Aprender a ouvir e, também, saber me fazer ouvido. Lidar com o temor de tudo desmoronar, sem permitir que o medo fosse paralisante.

Tanto falam em Felicidade, com maiúscula, feito instituição pública, que ela parece nunca estar presente. Na vida a dois, aprendi que existem felicidades: pequenas, ordinárias, plurais. Felicidades são proporcionais às possibilidades. Basta estar atento e disposto. Isso é o difícil.

Felicidade foi poder ler bom livro ou ficar deitado no sofá sem fazer nada no domingo à tarde. Felicidade foi abrir mão de parte do meu silêncio para ouvi-lo cantar Belchior.

No dia do quinto ano juntos, em data inventada, pois nunca soubemos quando começou, mandou um áudio:
— Venha pra casa, que tem surpresa.

Eu estava no shopping, tentando encontrar presente. Não conseguia me decidir, até que passei em frente a uma agência de turismo.

Ouvia Rocío Jurado em volume alto enquanto preparava o jantar. Agarrei-o pela cintura, virou para o beijo.
— Bebeu sem mim?
— Só um pouco. Usei no tempero da carne.

Abri o forno para ver o assado. Vapor quente de alecrim fervido no vinho tinto se espalhou pela cozinha.
— Estou com fome.
— Nestante fica pronto. Enquanto isso, veja quem está no quarto.
— Quem?

Acendi a luz e vi o volume embaixo do lençol. Tentei imaginar quem dormia. Ninguém tão íntimo para isso. Caminhei com cuidado, levantei a ponta do lençol e descobri quem ocupava a cama: um violoncelo, enfeitado com laço dourado. Entre as cordas, o bilhete datilografado:

> Pra que volte a acalmar
> o mundo com sua música
>
> Te preciso

— Quero que toque depois do jantar — entrou no quarto.
— Seu doido, me assustou.
— Gostou?
— Por que faz isso?
— O quê?
— Me empurra pra enfrentar os medos.
— Apenas retribuo o que recebo.

[silêncio]

    A língua agradeceu sem palavras.

Depois do jantar, entreguei meu presente. Abriu o envelope, curioso.

– Uma semana pelo Nordeste? Desse jeito me apaixono.

– Assim para de reclamar que nunca viajamos juntos.

– Vai ser ótimo.

Beijo.

– Toque pra mim.

– Faz anos que não pego num cello. Devo ter esquecido.

– Essas coisas são iguais a paixão, é só chegar perto que volta a arder.

Sentei na beira do sofá, cello entre as pernas. Recordações bateram asas: aulas na adolescência, sonho abortado de ser músico, apresentações improvisadas com Thiago.

    Empunhei o arco e comecei a tocar *Fly me to the moon*. O cello desafinado. De fato, não havia esquecido.

– Sempre foi minha preferida – sorriu.

    Tocar é evolar com as notas e alcançar outro estado: o etéreo. Escapar das limitações do corpo para encontrar algo de eterno, talvez sagrado.

    Sentou atrás de mim e me abraçou pela cintura. Nós três, encaixados. Nariz passeando pela nuca como se quisesse me inalar por inteiro.

– Você cheira a você – sussurrou.

    Eu, ele e o cello, num ménage insinuante. As mãos desataram da cintura e entraram por baixo da roupa. Quando tocou meu pau, vibração intensa, prazer compassado com notas musicais. Foi impossível continuar. Pedi licença ao cello, que ficou de voyeur, assistindo ao dueto de gemidos no tapete da sala.

...

Abri o notebook para começar qualquer revisão e encontrei um bilhete. Ele havia saído para uma reunião na universidade, a contragosto. Odiava acordar cedo.

As palavras eram convite:

```
Tango de polvos
A aproximação é tímida. Saem da camuflagem e se ex-
põem, mesmo com medo. Ambos sem saber o que fazer. Um
em frente ao outro, estranhos e apreensivos, até come-
çar a música. Os acordes delineiam movimentos sutis.
Aos poucos, ganham cadência, tornam-se sinuosos, insi-
nuantes, lascivos, cálidos, perigosos. A tensão inicial
se dissolve, aproximam-se cheios de tentáculos. Unidos
pela violência do movimento, seguem compasso e ritmo. A
distância inicial dá lugar ao encontro. Corpos unidos,
justapostos, entregues ao prazer carnal. Tentáculos on-
deantes, provocativos, penetrantes. Corpos cada vez mais
próximos, fundidos, amalgamados. Não há como separar os
polvos depois da dança, entrelaçados, presos no íntimo.
Impossível saber qual o começo ou fim de cada um. Caso
tentem se desatar, sairão feridos, faltando pedaços que
podem ser vitais. O mais acertado é continuarem atados,
com parceiro a postos, disponível para nova dança, sem-
pre que soar o próximo tango.

                                    Quer dançar comigo?
```

Reli no final da manhã e outra vez no meio da tarde. Passei o dia contente.

– Sim – disse quando chegou em casa.

– Sim o quê, criatura? – caminhou até mim.

Aproveitei a deixa do beijo, atirei a bolsa dele no sofá e o abracei forte.

– Quero dançar com você.

Riu, dentes grandes e alinhados.

– Vamos dançar até cair tontos.

Segurou meu braço e rodamos pela sala, bêbados na saída do bar. Fora do eixo, sem compasso, sem destino. Só paramos quando bateu as costas na quina do piano, sempre imóvel no canto da sala.

Depois do jantar, também tinha uma surpresa. Peguei o cello e toquei o arranjo de *Mucuripe*. Era das músicas preferidas dele, dizia sentir no peito o calor da terra dos ventos, Ceará.

Ouviu com os olhos atentos, sentado no braço do sofá.

– Não me faça te querer mais – balançou a cabeça.

Encostei o cello, larguei o arco no sofá e estendi os braços. Ele atendeu o convite. Inundou minha boca com a onda quente de língua.

Passamos o resto da noite entrelaçados. Janela aberta, aragem balançando as plantas na varanda. Conversamos por muito tempo, sobre todas as coisas, sobre o que fosse. Sem pretensões, pelo prazer de estar juntos.

Essas lembranças são tolas e doces. É o que quero manter do passado. Relembrar o que foi bom para resistir ao presente.

...

Voltávamos do supermercado carregados de sacolas. Ele falava sem parar, mudando de assunto sem qualquer lógica.

– Vamos por dentro hoje – disse ao pisar na calçada do São Pedro.

Costumávamos fazer o trajeto por fora, naquela tarde insistiu que atravessássemos o cemitério.

– Saímos direto na rua de casa – argumentou.

Entramos pelo portão da rua JK e caminhamos pela via central. Bastava seguir reto para sair quase em frente à portaria do condomínio.

Os mausoléus pareciam miniaturas dos inúmeros prédios ao redor, fundidos na paisagem como se a morte invadisse a vida. Ou seria o contrário?

Esmagávamos folhas secas, que estalavam ao serem pisadas. A árvore se despia, preparando-se para o inverno. Não estava frio nem calor, a temperatura amena fazia parecer que existe equilíbrio. Barulho dos passos no concreto e das sacolas roçando nas pernas. Certa tranquilidade pacífica pairava entre os túmulos, com lápides de mármore e anjos de bronze. Amores e desilusões dormindo para sempre. Vários silêncios eternos.

– Olhe essas fotografias – parou em frente à lápide repleta de retratos.

– O que tem?

Mais alguns passos e se deteve em frente a outro túmulo.

– Nesse aqui também. Em todos, aliás.

– Em todos o quê?

– Apenas homens e mulheres. O amor de dois homens ou de duas mulheres não tem espaço na morte. Já viu retrato de viado ou sapatão em lápide de cemitério?

– Nunca.

– Nem eu. Vamos mudar isso. Seremos enterrados juntos. Compraremos um túmulo. Quero ficar ao seu lado na morte.

– Doido.

– Ainda vai ter escrito bem grande: "Viados também amam", e a foto de nós dois na porcelana, com moldura e tudo.

Ri.

– Vou pesquisar quanto custa um túmulo. É perto de casa, quem ficar por último vem visitar o outro, colocar flores e limpar. Não gosto de vela, aviso logo.

– Bem louco.

– Vamos fazer uma promessa?

Nem deu tempo de responder e emendou:

– Juntos até na morte. Promete?

Ri.

– Repita comigo: na saúde e na doença, até que a morte nos una na eternidade. Chegue, prometa!

Continuei rindo.

– Não estou brincando. Repita comigo, vamos!

Estava sério. Tão sério que repeti.

– Na saúde e na doença, até que...

– A morte nos una na eternidade – dissemos ao mesmo tempo.

– Pronto, agora pode beijar o noivo.

Beijo rápido selou o compromisso.

A senhora que limpava os túmulos olhou com reprovação.

Falava pouco com a família. Ligações esparsas, em datas festivas. Depois de tanto tempo juntos, achou que os pais tivessem digerido que dividia a vida com outro homem.

– Bença, mãe. Bença, pai – disse ao entrar em casa.

– Que Deus perdoe seus desatinos – a mãe respondeu seca.

O velho ao menos apertou a mão, em retribuição ao pedido de bênção.

Visitou os pais outras vezes, sozinho. Estarmos juntos comprovava a história abominável: o único filho homem virar viado. Eu, culpado pelo desvio, oferecia motivo suficiente para ser odiado. A velha me observava de esguelha, com desprezo.

Aproveitamos o resto da manhã para visitar a feira. Nas ruas estreitas, olhares de estranhamento, como se transmitíssemos doença contagiosa. Éramos ameaça, mesmo que fôssemos os agredidos.

Voltamos a tempo do almoço.

– Catarina era tão direita – a velha jogou na mesa. – Devia ter se casado com ela, constituído família.

O barulho dos talheres cortava o constrangimento em pedaços menores, mais fáceis de serem engolidos. Miguel mantinha os olhos baixos, talvez por considerar que a situação fosse incômoda para mim. Eu estava preocupado, sabia que as garfadas da mãe o espetavam por dentro.

Ainda estávamos à mesa quando a irmã mais nova chegou com o filho. Foi a única que demonstrou felicidade ao vê-lo. Ela apresentou o sobrinho, que expôs os primeiros dentes com as cócegas do tio.

A mãe passou o resto da tarde entre a cozinha e o quintal. Estava na sala quando ouvi as vozes alteradas.

– ... aceitar que duas pessoas se amem?

– Nunca pensei ter tamanho desgosto. Por certo falam as infinitas pelas costas.

— A senhora devia ficar avexada se eu fosse mau caráter, não por estar feliz.

— Sabe que isso não é certo. De outra volta se achegue sozinho.

— Se não posso chegar com ele, deixo de vir.

— Faça o que quiser. Não acolho sem-vergonhice debaixo do meu teto.

O combinado foi passar a noite na casa dos pais dele, mas a situação se tornou insustentável. Decidimos voltar para Fortaleza.

Pegou fotos guardadas no baú de madeira do quarto. Considerou a possibilidade de ida sem retorno.

— Bença, mãe.

[silêncio áspero]

A irmã rogou que tivesse paciência, a mãe precisava de tempo para entender.

Antes de partirmos, pediu que tirasse uma foto segurando o sobrinho, abraçado à irmã.

Encontrou o pai na praça, jogava dominó com outros velhos.

— Já vai?

— Sim, meu pai. Vim pedir a bença.

— Deus abençoe. Quando volta?

— Talvez algum dia.

Despediram-se com aperto de mão.

Seguimos calados na viagem. Encostou a cabeça no meu ombro. Não sei se dormia ou se precisava de silêncio.

...

Enfim pude conhecer o Mucuripe. Miguel comentou que a praia continuava bonita, apesar das escassas jangadas de velas coloridas. Água imprópria para banho, por causa da poluição. A canção restou como recordação de estudante secundarista, recém-chegado do interior, que queria mudar de vida e transformar o mundo.

Andamos muito pela areia, arrastando os grãos com os chinelos. Chegamos longe.

Em frente à estátua de Iracema, indignou-se com José de Alencar.

– Hálito de baunilha. É até piada. Tinha nem creme dental pra louca da Iracema escovar os dentes.

E continuou a resmungar contra o Romantismo e suas ilusões toscas.

– Reclama, mas bem que é Romântico – provoquei. – Todo ilusório e passional.

– Os Românticos gritavam que queriam amor, o presente clean e apático finge que não, mas quer o mesmo – começou a performance discursiva. – Somos uma farsa.

– Se contradiz demais. Disse que o Romantismo cagou o mundo. Agora somos todos Românticos enrustidos.

– Me obrigue a ser coerente. Sou literatura contemporânea, posso ser o que quiser, inclusive Romântico. Só não preciso aceitar que Iracema exalava hálito de baunilha.

E falou que preferia o Realismo ao Romantismo, e que faltava poesia na vida, e que escreveria romance contando nossa história.

– Com essa imaginação, faria sucesso na literatura.

– Aguarde-me. O mundo precisa saber que viado também chora de amor.

...

Passeio no Dragão do Mar na última noite em Fortaleza. Uma cantora interpretava boleros acompanhada de um violonista. Paramos para ouvir os lamentos passionais. A brisa insistente que vinha da praia acalmava o mormaço.

– Percebeu que a gente mal se toca em público? – falou no meu ouvido.

– Você mesmo diz que se incomoda com agarração.

– Sim, não gosto. Mas mantemos distância protocolar. Em público, somos apenas amigos.
– E por que isso te incomoda?
– Está além da nossa vontade, é também imposição. Homens de mãos dadas chocam mais que assassinato e estupro, absurdo demais.
– Só agora se deu conta disso?
– Sempre vou me indignar. Enquanto duas pessoas demonstrando afeto motivar ódio em alguém, não podemos ter orgulho de se dizer humanos.
Abraçou-me. Assistimos ao show assim, ele olhando por cima de mim, com o queixo sobre minha cabeça.

Saímos de mãos dadas pela praça. Foi a primeira vez que nos atamos em público. Adolescentes de todas as tribos reunidos naquela noite de sexta, ou talvez fosse sábado.
– Tem até gótico – brincou ao ver o bando vestido de preto e tomando vinho.
– Não são góticos, devem ter outro nome agora. Em 2008, seriam emos.
Rimos.
Mais à frente, uma roda de amigos tocava violão.
– Legião Urbana, ainda? Se não fossem as roupas justas e os celulares nas mãos, poderia ser 1999, quando eu vinha pra cá com a turma da escola.
Procurávamos lugar para comer. Entramos numa rua com grandes filas. Ele comentou que era a quadra das boates e teve a ideia tonta de entrarmos em alguma. Depois de muita insistência, cedi. Paramos numa fila cheia de jovens. Impaciente com a demora, falei que era melhor desistir.
– Mais dez minutos. Se não conseguirmos entrar, vamos embora. Prometo – fez cara de inocente.
Antes de estourar o tempo, o segurança chamou para a revista.

Música alta, gente se espremendo por todos os lugares. Eu estava chateado. Bastante chateado, pelo que recordo.

– Se tá no inferno, abraça o capeta – falou, tentando concorrer com a música alta.

Arrastou-me até o bar. Ainda estava na hora da rodada dupla. Começamos com tequila, seguido de uísque e, por fim, vodca, na sequência.

– Permita-se ser ridículo – gritou descruzando meus braços.

A mistura etílica logo fez efeito.

Não lembro detalhes. A sensação, agora que forço a memória, é de que nos divertimos. Pode ser que tenhamos nos agarrado sem pudor em alguma parede. Talvez fizemos passos desarticulados no meio da pista, sendo aplaudidos no final. Tudo pode ter acontecido naquela noite.

Acabamos comendo cachorro-quente na saída, bêbados, sentados no meio-fio.

Por causa da noitada, quase perdemos o voo. Acho que brigamos a caminho do aeroporto. É possível que ele tenha fingido que nada aconteceu e ficou olhando pela janela do táxi. Tantas versões possíveis, nunca dá para saber se aconteceu ou se é apenas imaginação. Só tenho certeza da entrada na boate, do cachorro-quente, de que vomitei quando cheguei ao hotel.

...

O avião de hélice tropeçava ao passar em cada nuvem. O voo turbulento me deixou mais enjoado. Pegamos o ônibus no aeroporto mesmo.

Chegamos à pousada e logo saímos à procura de lugar para almoçar. Caía chuva fina, o que nos obrigou a entrar no primeiro restaurante. Enquanto esperávamos o pedido, olhou a previsão do tempo.

– Péssima notícia, está previsto chuva pros próximos dias.

Queixou-se de dor de cabeça, ressaca de tequila, vodca e uísque. Eu estava faminto, mas continuava com o estômago revirado. Pedi água com gás, na esperança de que ajudasse a passar a ânsia de vômito.

O garçom logo voltou com a garrafa e o suporte de guardanapos.

— Acho que você é a única pessoa que me enxerga — Miguel comentou abrindo a água e bebendo quase metade.

— Por que diz isso? E me dê a água, fui eu que pedi.

— Estava pensando, os laços familiares são bem fajutos. A preocupação com o que chamam de família é maior do que com as pessoas que fazem parte dela. É como se ninguém se visse.

— Não se veem, na maioria das vezes.

Chegou o peixe.

A chuva engrossou.

Entramos no quarto molhando o piso. Fomos direto para o banho.

Escorou o queixo na minha cabeça, só para exibir a altura. Acabou batendo o cotovelo no box, depois de tentar me fazer cócegas.

Dormimos com o barulho das gotas batendo na janela.

Talvez fosse noite quando acordei com beijos no pescoço. Ele se jogou em cima de mim e segurou meus braços.

— Te preciso — lambeu minha orelha.

— Também te preciso, muito.

Justo eu, avesso a superlativos, fossem absolutos ou relativos, podia dizer com sinceridade que era muito o que sentia.

A intensidade refletia no encontro dos corpos. Acabávamos incendiados pelo atrito, liquefeitos em suor e gozo. Sempre encontrávamos pedaço novo para explorar. Descobertas que só acontecem sem pressa e quando a vontade é mútua. Ele por cima de mim, eu por cima dele, não importava a hierarquia, desde que olhos e bocas pudessem se encontrar enquanto nos entranhávamos.

Despencamos ofegantes na cama. Ainda chovia.

Acordamos cedo para o café. A chuva deu trégua, mas estava nublado. Nada animador para viagem a Porto de Galinhas.

Nuvens cinza deixavam o horizonte melancólico. Também ficamos cinza na parada do banho de lama. Pediu à senhora de maiô florido para tirar uma foto. Estávamos ridículos cobertos de argila e ainda fez careta.

Quis me beijar.

– Não.

O catamarã escorria devagar pela água. O sistema de som ecoava a voz estridente:

– Percebam que a ilha à esquerda tem formato de jacaré.

Irritou-se com o guia, que contava piadas sem graça no microfone.

– Que cara chato. Se soubesse nadar, me jogava no rio.

– Fique quieto. Já vai acabar.

– Acabar nada, deve estar longe de sabe-se lá onde.

Chegamos ao meio do nada, cruzamento dos três rios. E era apenas isso.

– É aqui?

Ri com a cara de indignação dele.

O barco voltou mais vagaroso.

– Aluguel de máscara e respirador lá no fundo – anunciou a voz estridente.

O amontoado de turistas brigou pelos kits de mergulho. Ele entrou no meio.

– Só consegui um, era o último. Vamos revezar.

– A água deve estar fria.

O catamarã cruzou com outro e o guia conseguiu mais máscaras.

– Quem falta? – alardeou no microfone.

– Eu!

Levantou depressa e bateu a cabeça no teto do barco.
– Ria, seu merdinha. Bati por sua causa.
– Nem quero ir.
– Agora vai de qualquer jeito.

O céu grafite denunciava a chuva.

– Verifiquem o salva-vidas antes de descer do barco – alarido no microfone.

Suspeita equivocada, água morna. Sem os óculos, enxergava borrões debaixo d'água. Nada de peixes coloridos.

– Só vejo areia – resmungou. – E acho que cortei o pé nessas pedras.

– Não são pedras, são corais.
– Que seja, machuca.

Ele me abraçou pelas costas.

– Na pousada, teríamos aproveitado bem mais.

Beijo rápido com lábios salgados. Tentamos mergulhar outra vez. Vi algo que talvez fosse azul, suspeitei que era um peixe, pois se mexia. Sem óculos, as formas eram todas impressionistas.

As ondas batiam no arrecife e revolviam a areia do fundo. Não consegui enxergar mais nada. O mar bastante agitado. Começou a chover forte. Ondas altas rebentavam com violência no paredão de corais. O guia gritou para que todos voltassem ao barco. A água agitada dificultava o retorno. Um menino chorava no colo do pai.

Alguns metros até o barco, Miguel logo atrás de mim, quando a onda inesperada nos engoliu. Fiquei fora de órbita, arrastado pelo turbilhão de água. Gritos. Talvez eu mesmo tenha gritado. Correnteza me arrastando com violência. Eu sem ter onde segurar. Vi tudo cinza, no mar e no céu, até que

Dormi por uma noite que durou dezessete dias. Acordei. Paredes brancas, cheiro esterilizado. Fios colados no peito liso. Tubo de respiração na boca. Incômoda sonda invadindo nariz. Outra na uretra. Meus olhos, mesmo pequenos, agredidos pela luz refletida nos azulejos. Cabeça pesada, como se fosse afundar no travesseiro. Também sem conseguir falar. Só abri os olhos. Não sei quanto tempo fiquei inerte, até a ressureição ser descoberta pela enfermeira.

Tunt tunt tunt tunt repetitivo, contínuo, incansável tunt tunt tunt tunt. O sorriso de minha mãe acompanhado de lágrimas. Impossível imaginar o que sentiu durante o coma. A dor de uma mãe é inenarrável e inatingível. Talvez outra mãe possa descrever o sofrimento de perder o pedaço externo de si.

Ela me encarava, sempre calada. Dizia-me tudo sem palavras. Eu queria falar. O tubo entalado na laringe impossibilitava. Submetido ao silêncio forçado. Nem dor, nem frio, nem fome. Corpo inerte. Dopado, impassível, insensível, as dores dissimuladas pelos medicamentos.

"Miguel?"

Gotas caíam dos olhos, insistentes em não piscar.

Esperei que entrasse por dias. Apenas a enfermeira, minha mãe e meu irmão atravessavam a porta branca do quarto branco, ainda mais branco quando acendiam as luzes brancas, que refletiam nos azulejos brancos e agrediam meus olhos pretos.

Extraíram a sonda da garganta, balbuciei com voz arranhada:

– Mi gue... l.

Minha mãe se afastou da cama e saiu.

Voltou acompanhada. Era ele, alto e magro...

Ou melhor, foi ele até a visão imprecisa reconhecer o enfermeiro. Ele aplicou alguma coisa no soro. Senti o corpo leve. Acho que adormeci.

...

Queria respostas: Por quanto tempo morri? O que aconteceu enquanto eu dormia? Cadê Miguel? A língua pesada, como se fosse maior que a boca. Só depois soube que os fortes analgésicos causavam alucinações. Talvez por isso achei que entrava no quarto quando abriam a porta. Nenhuma vez foi ele, apesar de que posso jurar tê-lo visto incontáveis vezes.

Meu irmão me visitou pela terceira vez. Preferia que jamais voltasse. Desejei que sequer tivesse nascido, para não dizer aquelas palavras, jogadas como quem escarra na calçada:

— ... está morto.

Olhei o rosto enevoado sem distinguir contornos. Minha mãe, desfocada, parecia chorar encostada à parede. Fechei os olhos. O soro a pingar lento para dentro de mim, lágrimas reversas. Posso ter dormido. Talvez mantive os olhos fechados, para protegê-los de tanta luz. É possível que tenha chorado.

Certas sensações invalidam qualquer certeza.

Neguei. Meu irmão nunca entrou pela porta. Sequer existia irmão, nem quarto, nem mãe, nem luz agredindo meus olhos. Sequer eu existia. Apenas ficção mal contada por alguém de imaginação insuficiente, a ocupar a solidão escrevendo a história ruim da minha vida.

Fechei os olhos até perder a noção do tempo. Quando decidi abrir, fui agredido pela luz rebatida em todas as superfícies do cubo branco que chamavam de quarto. Supus estar além. Sim, era o depois. Eu quem estava morto.

O tunt tunt tunt tunt me trouxe de volta à Terra, ao quarto do hospital, à cama. O vulto da minha mãe sentado na cadeira. Podia ser que ainda chorasse. Precisava dos óculos para certificar a suspeita. Meu irmão não estava mais, porém a voz dele ecoou branca:

— ... morto.

Eu

Quantos anos tenho? Talvez milênios. De nada serve o relógio. Quando está claro é dia. Se escurece, noite. Dias nublados são noite durante o dia.

O tempo da saudade ignora anos, meses, semanas, dias, horas, minutos ou segundos. Lembranças desconsideram datas, referem-se às sensações vividas no corpo. Corpo acometido por pressões, mutável, insistente a tentar se refazer. Corpo e suas cicatrizes, explícitas ou invisíveis. Cicatriz é corte disfarçado: ferida sempre ali, coberta com manto saliente de pele ou oculta pela simulação do esquecimento. Cicatriz é pedaço de sensibilidade eterna.

...

Puxado pela correnteza e jogado contra o arrecife. Não poderia ser diferente. Viveu na borda do vórtice, tentando se livrar de ser tragado.

Nada assegura a vida. Alguma hora as ondas arrastam. É inevitável.

...

Isolado no quarto da adolescência, fantasmas começaram a rondar. Restou exorcizar o tempo com isso: escrever. Ocupado para não pensar em [   ].

Quantos foram os dias?

Preferi abdicar dos cuidados maternos. Insistiu que ficasse.

– Pode trabalhar daqui.

Decidi voltar e assim fiz.

Seguimos calados no carro, eu e meu irmão. Os mesmos, com nossos silêncios. Mas pude senti-lo perto. O silêncio longe da indiferença, tecido de algo fraterno, morno. Estranha ligação exclusiva aos que conheceram o mesmo ventre.

Enquanto colocava a chave na fechadura, tocou meu ombro. Leve pressão dos dedos: estava comigo, disse sem palavras.

As rodas da mala fizeram gritar o piso de tacos, assustou o vazio. Abri a porta da varanda para expulsar o pesado cheiro de inércia. Violetas e samambaias de que tanto gostava: tudo morto. Apertou o coração, como se com você tivesse partido a vida. Temi habitar o vazio da morte. Em meio aos vasos com cadáveres murchos, ainda vivo, o cacto, única contribuição que dei ao jardim doméstico.

Preciso resistir à falta.

Meu irmão avisou que iria para o consultório.

– Ligue se precisar de qualquer coisa. Ouviu, qualquer coisa.

Agradeci com abraço. Boa sensação de ser acolhido. Nunca fomos tão próximos.

– Ligo, sim – agradeci com sorriso meio triste.

Pegou as chaves em cima do piano empoeirado. Antes de sair, olhou os mesmos quadros na parede.

– Não mudou muito por aqui.

Nisso ele estava bastante equivocado.

...

Estou entregue ao que nem sei. Desconforto de viver, como se o peso do ar fosse maior. Cabeça carregada de mil assombros. Lembranças errantes me pegam desprevenido, agarram coração e garganta cheias de violência. A ausência me constrange. O corpo todo dói, espetado por estilhaços das fraturas de dentro.

Gostaria de descobrir a paixão da Morte. Desaparecer com seu objeto de desejo só por vingança. Quero que a Morte sinta falta. Falta que me impele a querer desistir de viver. Afasto-me da Morte e esquivo-me da Vida. Estou num vão entre dois vazios.

Espero ouvir a porta se abrir e que entre pela sala, ecoando ideias extravagantes. Preciso gritar que sou incapaz de suportar. Fico calado, não quero atrair a Morte. Não sem antes descobrir como me vingar. Ela não pode sair impune depois de me obrigar a sentir isso que nem sei o que é.

...

O que seria menos cruel: assistir ao enterro, ou do jeito que foi, sem despedida? Levaram você para onde não queria ir. Está lá, com os mortos da família. Contrariaram o desejo de ficar aqui, perto de casa.

Estaríamos juntos, em par na eternidade. Na lápide, nosso retrato. Queria assim e eu atenderia se ao menos tivesse direito de escolher.

Seria melhor continuar dormindo. Ficasse ligado a fios e tubos até que considerassem o gasto de energia e me deixassem ir.

Esse pensamento só se dissipa quando lembro o quanto minha mãe sofreria. Só não sei continuar, mãe. Nunca terei sua força, muito menos a fé de esperar com resignação e serenidade.

Seria melhor ter ido, mas tanto partir quanto ficar está fora das escolhas.

Da janela, vejo o cemitério, quietude de vozes silenciadas. Era para estar aqui, perto. Ficaria mais seguro. Conversaria no túmulo, como as velhas que aos domingos levam flores. Poderia até descer com o cello e tocar para acalentar seu sono.

Você me fez brega, Miguel.

Por que não morri?

Sequer pude tocar no seu velório.

Fiz réquiem com as músicas de que mais gostava. Os acordes foram minha prece. Ouviu quando o cello chorou *Fly me to the moon*? Quase não consegui finalizar, olhos afogados.

Sei que ouve, sinto o coração arder. Todas as vezes que eu tocar, é para você. Responda acendendo meu coração, assim conseguirei continuar.

...

Estou rodeado pelo vazio. Poderia dizer que falta pedaço de mim, mas seria incoerente. Falta o que jamais serei: você. E, mais que isso, falta o que só existia entre nós, íntima presença do encontro.

Sinto falta de ter raiva. De querer jogá-lo pela janela. Falta dos abraços que faziam o corpo relaxar. De ter com quem discutir por causa da bagunça. Falta de ter alguém à espera. De estar à espera.

Ao mesmo tempo e de forma contraditória, experimento certo orgulho de ter sentido tudo isso. Em vez de lamentar a ausência, é mais justo agradecer por ter recebido acolhida. Minha alma desabrigada encontrou em você, acostumado às próprias tempestades, o local ideal para se aninhar.

...

Ficaram livros ainda no plástico, fotografias, máquina de escrever, perfume pela metade no banheiro, roupas, meias e cuecas. Devaneios de paixão nas cartas que enviou. Tudo é você e atestado de ausência.

Desacostumei a ficar sozinho. Estou obrigado a me readequar ao silêncio. Conviver com lembranças que rondam perdidas pelo apartamento. Preciso descobrir como me amar. Acostumei com o amor externo, cuja presença me impulsionava a continuar.

A perda de quem se ama provoca tremores violentos, a alma desmorona.

Tudo sai do lugar.

...

Para que escrevo?

...

Segunda, terça e quarta espero que volte da universidade contando histórias. Quinta sinto falta de passar o dia com você, pernas enlaçadas no sofá ao cair da noite. Sexta aguardo que chegue suado da caminhada, trazendo comida da rua. Sábado e domingo acordo esperando suas ideias para quebrar a rotina dos dias.

Por vezes, sobe pelas costas arrepio, como se me observasse enquanto estou em frente ao computador. Olho sem retorno. Apenas a lembrança de todas as vezes que ficou parado atrás de mim, sem fazer barulho, só para me assustar.

Quero que entre pelo escritório falando alto. Quero ouvir sua voz melódica, direta, estrangeira, sem os erres enrolados daqui. Quero as palavras de cantiga, leves, rápidas, atropeladas umas nas outras sem pausa para respirar. Quero.

Fale comigo, Miguel.

...

Escrevo para não enlouquecer. Ou por estar louco.

...

Deitei agarrado ao travesseiro. Ainda seu cheiro. Apertei forte. Se pudesse, faria entrar em mim. Como prender sua essência que se esvai?

Perderei você mais uma vez.

Respirei fundo, imerso no travesseiro, para que se entranhe em mim. O cheiro único de seu suor. Do nosso suor de muitas noites.

A essência de um corpo é indecifrável. Metáforas são insuficientes para dar dimensão da fragrância de pele quente, na qual encontrava descampados e recônditos. Cada pedaço exalava notas únicas, que se modificavam a depender da hora e da temperatura.

Impossível descrever seu cheiro, por isso é o que faz mais falta. É incapturável e fugidio. Só o cheiro é capaz de se fazer presente como vida. Talvez o aroma do corpo seja a única possibilidade de entrar em contato com o que há de mais complexo, é superfície e também profundidade. O cheiro exala fora aquilo que é dentro.

Sinto falta da sua pele nua, livre de outro cheiro que não o seu. Cheiro que era também textura, convite para degustação e termômetro do clima interior do seu corpo. Onde posso encontrar seu cheiro senão em você? Como continuar sabendo que os rastros olfativos se esvaem? Quero sublimar. Abandonar a matéria e me fazer volátil, para que voltemos a nos fundir, não mais na carne, mas em essência impalpável.

...

A última imagem voltou para assombrar. Água agitada, cinza. Céu pesado sobre o mar. Você de costas, desfocado. "Miguel!" Grito e não me ouve. "Miguel!" Não me ouve. "Miguel!" Não. A onda me arrasta. "Miguel!" Sou tragado pela água. Tanto silêncio que é impossível respirar. Acordo afogado.

– Miguel...

...

Escrever, forma silenciosa de falar com você.

Entendo por que tantas cartas, jeito de ultrapassar a barreira que impus. Escrever era como exercia seu silêncio. Assim como na música posso falar. Não somos tão diferentes. Apenas reagimos de maneira distinta ao mesmo ímpeto estranho que é viver.

Digo coisas que jamais diria se não tivesse te conhecido. Ainda que seja só eu, somos ambos.

Escrevo para te manter vivo e para me ajudar a morrer.

Minha alma às vezes acorda com as batidas do coração. Pensa que é você quem bate. Esquece que entrava sem pedir licença e fazia barulho em mim. Agora, silêncio.

Escrevo.

...

Chove. Desses dias em que as nuvens escorrem por todos os lugares. Chove e também faz frio. Procurei motivos para levantar. Não encontrei. Levantei tonto de fome. Ar gélido, paredes úmidas, dia cinza. Só queria que estivesse aqui, para tecermos o nada debaixo do edredom. O cheiro quente dos corpos juntos se espalhando para aquecer o quarto. Sua mão por baixo do casaco. Barba arranhando a nuca. Encaixados, feito aspas. Caio na lembrança de quando fomos nós. Agora sou parêntese aberto, vulnerável, só e com frio.

...

Quando você volta, Miguel?

...

Escrevo, para dar vida ao que de nós se gerou: lembranças.

Quando duas almas se encontram, os tentáculos se atam em nós impossíveis de desfazer. Talvez esse tenha sido o motivo pelo qual resisti a me abrir: medo da perda. Agora sei que a rápida presença de quem se ama compensa a eternidade da ausência. Na realidade, só existe falta e vazio por terem existido dias cheios.

A punhalada lancinante da morte deixa de pulsar depois de um tempo. A alma, inflamada de luto, encontra a cura de ter pedaço amputado. Aos poucos, serena. Em vez do pesar, desponta certa suavidade, que enraíza no substrato do amor partilhado. O sentimento continua, elo entre a matéria e o etéreo, ata o vivo à morte.

Não fomos velhos juntos. Nem enterrados lado a lado.

Poderia ter sido diferente? O que está escrito na carne é impossível borrar. Tento resgatar o que foi bom, tirar a poeira e deixar visível, perto do coração. Assim não cometo a injustiça de lastimar. Nascemos sabendo que é desconfortável, por isso o choro. Nascer é a primeira dor. Sorrir que é aprendizado e desafio de toda a vida.

...

Seu cheiro some. Dá lugar ao aroma do tempo, de guardado, de ausência. Cheiro de tantas coisas e qualquer coisa.

Fotografias, vídeos e músicas abrandam saudade dos olhos e ouvidos. Saudade de tato, olfato e paladar não se aplaca, é necessária a presença constante para renovar cheiros, gostos, calores e relevos do corpo.

A morte é insípida, inodora e impalpável.

...

Minha mãe esteve aqui pela primeira vez desde que passei a habitar o vazio. Pela primeira vez a encarei e entendi seus olhos vagos desde que o pai morreu. Pela primeira vez a vi mulher, não apenas personagem: mãe. Pela primeira vez nos encontramos. Embalou meu corpo num abraço, disse tanto sem nada dizer que a alma doeu menos.

Ajudou a reordenar o apartamento. A separar suas roupas para doação. A tirar as plantas mortas da varanda.

Voltou do mercado perdida entre o amontoado de sacolas e o vaso de antúrios.

– São lindos, parecem corações. Onde coloco?
– Nem sei cuidar de planta. Eram do Miguel.
– Aprenda a cuidar, você já é grande o suficiente.

Acabou em cima do piano, gritando um vermelho indecente e passional.

Com minha mãe, carregada de perdas, aprendi que recordações não precisam ser dolorosas. Ou melhor, aprendi que a dor faz parte da libertação para acostumar com a ausência.

Quando voltei a ficar sozinho, tive coragem de remexer nas lembranças. Revisitei as poucas fotografias do álbum que começou a organizar. As páginas em branco foram tão agressivas, fui incapaz de segurar a vazão. Pensar no futuro nunca doeu tanto. O álbum para sempre incompleto.

Você sorriu de um retrato. A imagem do que fui ao seu lado, sem saber se portar diante da câmera, desconcertado, olhos fechados por causa do sol. Como era bonito quando sorria. Dentes expostos, sem restrições.

As cenas embalsamadas trouxeram saudade, essa estranha que enraíza na ausência e faz morada no vazio.

...

A memória começa a trair a confiança. O esquecimento espiona, à espera de alguma distração. Comecei a procurar o que de você sobrevive em qualquer rastro.

Decidi abrir seu HD, sempre à toa no escritório. Descobri que os arquivos digitais contrastavam com a desordem que deixava pela casa. Tudo organizado, nomeado por assunto e data. Nunca pensei que pudesse ser metódico com alguma coisa. Você ainda me surpreende.

Entre os arquivos, trabalhos acadêmicos, músicas, filmes e fotografias. A pasta PESSOAL me chamou a atenção. Abri curioso e encontrei textos desordenados. Reflexões, contos – alguns dos quais havia me mostrado –, crônicas, frases soltas e escritos inclassificáveis. Foi em meio à bagunça que descobri MONÓLOGOS.

Monólogo I

Escrevo para o silêncio. Para me obrigar a ficar em silêncio. Monólogos sem retorno.

Perco o controle dos pensamentos e, do nada, você aparece. Invade cabeça, desce sufocando garganta, termina por espancar tudo dentro.

Escrevo na ânsia de acalmar o coração, incansável a perguntar quando volta.

26 de janeiro de 2016

Monólogo II

Acompanhei da varanda seus passos até o táxi. Parecia tão pequeno. Caberia inteiro em mim. E coube, instalou-se aqui dentro. O que não me dei conta é que era pequeno por estar distante.

Enrolado no edredom, com seu cheiro, dormi aquecido pela certeza: poderei vê-lo outra vez amanhã. Quando acordei, ainda era cheiro no vazio do quarto. Mas no amanhã não voltou. Depois de amanhã talvez, fingi ser paciente. E chegou outro amanhã, caiu o depois, acabou o talvez. Jamais voltou.

Passei a ter medo do amanhã. A esperança foi devorada pelo inevitável: não mais. No vazio do quarto, sem seu cheiro, ecoa meu coração descompassado.

29 de janeiro de 2016

Monólogo III

Amei uma mulher. Depois quis amar um homem. Agora resta tentar amar a mim mesmo, dos motivos mais pobres para viver.

Amor-próprio é desinteressante. Autofelação. Apenas simulação para aplacar a ausência.

1º de fevereiro de 2016

Monólogo IV

Olhei para você e vi o humano. Deixou cair a roupa e se mostrou, com tantos defeitos e qualidades. Por isso o espanto em saber que me afetou. O consenso é que a performance seja valorizada: acertos, glórias, heroísmo. Você trouxe erros, orgulho, desejo contido, dores íntimas, decepção, vergonha de ser notado e um sorriso infantil.

Quando te beijei, encontrei corpo profundo. Vastidão abissal de pele quase lisa. Você orgânico e perecível, de carnes poucas e firmes, pescoço altivo e alerta. Talvez seja isso que não compreenda: eu querer conhecer alguém sem conservantes e recomendável para diabéticos. Sua humanidade arisca e desconfiada, que te afasta do mundo, foi o que me atraiu. Encontrei alguém que não era imagem meramente ilustrativa.

Penso em você e irrompe desejo primitivo. Desejo de querer que esteja bem. Desejo de dizer: também tenho medo. Desejo de partilhar a beleza, de oferecer metade do chocolate, de tecer cachecol para te aquecer. Desejo de querer ser o que não sou para talvez te ter.

Tento nadar para fora do turbilhão na cabeça. Sinto que vou me afogar com tantas palavras.

6 de fevereiro de 2016

Monólogo V

Sempre que bato punheta, penso em você e tenho a grave sensação de desperdiçar o que importa. Por que a porra da vida tem que ser assim?

14 de fevereiro de 2016

Monólogo VI

A culpa é toda sua, idiota. Pediu que adicionasse no Skype, pediu número de telefone, pediu endereço. Respondi: sim, sim, sim. Quando invadido por sua presença, ecoou em mim: quero. Sua resposta foi: não. E cada vez mais não, não e não. Nem coragem de dizer na cara teve. Negou em silêncio, com covardia estúpida de quem não se importa.

Suas palavras viraram maldição: "Não me esqueça". Tornou-se impossível apagar você, como não se pode comer amora sem tingir a língua. Ao te provar, derrubou sementes. Enraizou sentimento de crescimento rápido. Alastrou-se e me fez terreno baldio do desejo, cheio de plantas instintivas.

Olho para dentro, tão bonito o que nasceu. A motivação é correr até você e dizer: veja, fui fecundado. A ilusão bate de frente com seus silêncios. Arranco essas coisas que crescem nas entranhas. E dói tirá-las com raiz, saem pedaços meus junto.

Eu queria tanto que me deixasse mostrar o que nasceu em mim. Tanto.

12 de março de 2016

Monólogo VII

Quando a angústia bate forte, bebo. Compro leite condensado e bebo. Cada um afoga a dor com o que dá qualquer prazer. Quando bebo, penso em você. Imagino que a lata é sua boca e bebo. O prazer de ter te conhecido e beber leite condensado equivalem.

Se soubesse o peso que essa declaração tem no meu universo, me amaria um pouco que fosse. Acredito que ninguém nunca te dirá: gosto tanto de você quanto de leite condensado. E é bem isso: tanto quanto, nem mais, nem menos. Desconsidero gradações: ou gosto ou não gosto. E eu gosto tanto quanto, o que quer dizer que é muito. Quando gosto, é sempre muito. Deixaria de beber para ter você. Como não tenho, bebo.

15 de março de 2016

Monólogo VIII

O que veem seus olhos pequenos? Serão eles o motivo de tanto silêncio? Cada pedaço seu é explosão de vida. Células que se fragmentam em milhões de você. De onde vem seu cheiro? Como posso compreender a profundidade do seu calor?

Queria saber o que há no desfocado da sua visão sem óculos. Peço licença para entrar no seu silêncio. Prometo deixar tudo no lugar. Quero te ver mais de perto. Aprender a contemplar o mundo ao som da respiração.

Meus olhos são grandes, falo demais. Estou do outro lado, no exagero. Mas me ofereço para tomar chá, o tradicional japonês, com seu rito contemplativo. Convido-me, sei que foge ao protocolo, é que esperei seu convite e nunca chegou. Por isso estou aqui. Se não for boa hora, avise. Volto depois. Depende só de você. Posso entrar?

28 de março de 2016

Monólogo IX

Foi seu aniversário. Comprei bolo e vela. Bolinho desses assados em formas plissadas de papel. Chega a ser patético comemorar o aniversário de quem disse: "Não me procure mais". Nesses pequenos ritos, tento encontrar a saída do labirinto em que me meti. Nunca fui bom com sentimentos, por isso sempre os racionalizei. Estou perdido, tentando fugir dos medos à espreita em algum canto.

Comprei bolo e vela para comemorar seu aniversário. Comemorei sem saber o motivo. Se existe Deus, assistiu à cena e gargalhou com a tolice infantil de um homem que não sabe lidar com a própria ilusão.

5 de abril de 2016

Monólogo X

Quero fazer um convite.

É precipitado, sequer anunciaram a data, mas gostaria de sua companhia para assistir ao fim do mundo. Pensei em outras pessoas, confesso. No entanto, ficaria desconfortável com elas. Por isso resolvi falar com você.

Podemos sentar juntos no alto de uma colina e ver pedaços do céu cair. Nuvens a despencar pelo chão e o azul escorrendo no ar. Falando assim, parece até letra de suas músicas.

Talvez tenha outra companhia. Ou prefira ficar sem ninguém. Por favor, avise se irá. É que sou incapaz de interpretar silêncios, então esperarei na incerteza, e posso perder o fim do mundo, como tantas outras coisas que perdi por esperar você.

13 de junho de 2016

Monólogo XI

Diga que me ama. Nem peço que seja verdade. Minta. Só quero saber como essa frase ficaria na sua boca. Saber como seria: SE. Gastará um segundo: "amo você." Sei que o pedido é estranho, mas serão apenas duas palavras descartadas. Para mim, será a recompensa para seguir e pensar: não foi em vão. É só um segundo. Pode mentir. E, se for pedir demais – eu sei, é demais –, pode dizer que me odeia, mesmo que seja verdade, só para eu ouvir sua voz.

16 de junho de 2016

Monólogo XII

Odeio amar você. Tenho vontade de socar sua cara e deixar o nariz em cacos. Bater seu rosto com martelo de bife até a testa ficar reta. Arrancaria seus cílios com pinça e depilaria seu saco com cera quente para que saiba: não me importo.

Quero palavras agressivas, que entrem feito tiros de espingarda. Anseio pela violência do dizer. Preciso achar um jeito de me vingar do seu silêncio. Você cala e eu grito louco.

Odeio amar você. Preciso exorcizar esse sentimento inútil.

Se te encontrar, cuspo palavra ácida para corroer sua pele. Depois choro arrependido, beijo sua boca e peço para rir: mostre-me seus dentes infantis. Se recusar a beijar, corto sua gengiva com gilete e me mutilo por te fazer mal. Eu só queria dizer: amo, mas sou obrigado a odiar amar.

Preciso expurgar você. Tomarei laxante para cagar todas as lembranças. Mijarei o desejo em algum beco. Correrei ao meio-dia para suar a vontade. Na madrugada, liberarei os sonhos frustrados como polução. Vomitarei palavras de amor até ficar bulímico de afeto. Vazio, sem sentir ódio de amar você.

Preciso descobrir um jeito de violentar seu silêncio cínico. Atingir a blindagem de apatia para que sofra. Encontrarei verbos que sejam granadas. Substantivos de gás lacrimogênio para agredir seus olhos. Quero adjetivos peçonhentos que te façam morrer envenenado. Acharei pronomes pegajosos, que se aglutinem em sua garganta até morrer sufocado, sem direito de pedir socorro.

Escrever foi minha guerra, tentativa de conquista. Em vão. Agora atiro palavras para matar você em mim com requinte de crueldade. Não morre.

Palavras são inúteis.

30 de junho de 2016

Monólogo XIII

O tempo manca pelos segundos. A visão de seu rosto desbota, fica imprecisa. Mas basta fechar os olhos e lembrar os contornos na ponta dos dedos. Minhas falanges veem você. Estremeço com a lembrança que ganha relevo na obscuridade da memória. Posso te enxergar no escuro. Não preciso te ver, basta sentir seu corpo pulsar, ainda que a distância. Meus dedos sentem falta do seu cheiro, querem você em braile, palpável, presente. Dispenso todas as imagens se puder desafiar a física e tocar sua matéria. Ocupar seu corpo no meu, ambos no mesmo espaço.

Olhos estão restritos ao exterior. Nariz é expansivo, consegue ser olfato, tato e paladar. Sente cheiros, temperaturas e essências do gosto. Por isso beijo de olhos fechados, para sair da superfície e poder mergulhar. Limitar-se à vontade dos olhos é perder o que de melhor se pode ter: o que é tateável, comestível, palatável. Olhos desejam à distância e eu tenho fome de proximidade. Quero te devorar por inteiro. Engolir-te, cheirar-te: ter-te.

2 de agosto de 2016

Monólogo XIV

Como não consegui esquecer, mutilei as lembranças. Toda vez que pensava em você, rasgava algum pedaço, deformava seu rosto com as unhas, amassava as recordações. Não esqueci, agora sou atormentado pelas aberrações que criei.

8 de setembro de 2016

Monólogo XV

Você venceu. Achava que insistir adiantasse, mas você venceu. Não adianta. O silêncio é ancestral à fala, óbvio que ganharia. Chegou a hora de aprender a desistir. Você venceu.

É desnecessário renegar o sentimento, por isso assumo: amo você inutilmente, por amar tanto a mim, que quis oferecer o melhor do pior que sou. Amei e amo um pouco. E quis e quero um pouco. Sim, eu amo, e falta qualquer razão nisso.

Você foi a melhor desgraça da minha vida.

Morra com esse orgulho: alguém te amou tanto quanto amava leite condensado.

Você venceu. Amar não adianta de nada.

Desisto.

As palavras me invadiram com força de enxurrada. Abandonei o corpo amortecido na cadeira. Deixei a cabeça despencar no encosto. Inerte. Olhar fixo no teto. Se respirava ou se estava em apneia, não sei. Experimentei certo êxtase de extremo prazer e o vácuo da ausência pressionar a garganta.

Falava comigo do passado, com palavras que vomitou para continuar vivo, como faço agora. De alguma maneira, as mensagens chegam aos destinatários. Pude, enfim, ler os golpes de solidão e desejo silenciados.

Palavras escritas, espectros que atravessam o tempo, voltaram para trazer o grito de paixão que calei. Passado e presente unidos pela dor da perda.

Por qual motivo nunca falou sobre esses monólogos?

Senti culpa por tê-lo agredido tão fundo com meus silêncios. Quis arriscar fichas em alguém desacreditado. Saltou de cabeça para mergulhar em mim, fechado e inseguro.

Silêncio dói quando está carregado de tudo que não pode ser dito. Deixa de ser calmaria para evocar tempestade.

Tem razão, amar não adianta. Amar atrasa, desanda, distorce. Amar não serve. É inútil e sem valor. Por isso em desuso, é de graça. Amar também é desgraça, ruína, é o que resta depois que acaba. Quando o corpo termina, resiste a saudade: amor em estado gasoso.

...

Tantas coisas mais aconteceram. Pouco é o que fica. Menos ainda o que costura corpo e o que leva nome de alma. São recordações mudas, sem espaço na mesa do bar. Desconectadas, lacunares, livres. Aparecem quando menos se espera e logo voam. Lembranças sem pouso, vivas e fluídas por estarem em constante movimento. Vibração das cordas do violoncelo, em nota curta ou longa.

Dizem que a vida é feita de escolhas. Olhando o que passou, percebo que elas foram bem poucas. O que não escolhi forjou a cara que tenho, com marcas de preocupações e vincos de alguns risos eternizados na pele.

Imprevistos, o improvável, isso sim teve relevância.

...

Saí depois de vários dias. Encontrei amigos, dos poucos que tentam me alegrar quando sabem que é impossível reagir. Riram muito. Eu também ri, menos que eles. E não por encenação, os risos foram verdadeiros, embora um tanto doloridos. Certo resíduo de melancolia aparece depois que a boca se fecha.

Amigos, que nunca lembro ao certo onde nem quando conheci, têm a capacidade de fazer o tempo se expandir além da dimensão do presente. Fico conectado com instâncias do que existiu e do que também fui. É necessário encontrá-los para relembrar o que finjo esquecer.

Trazem afeto de camiseta velha. São também capazes de provocar tormentas ao revolver lembranças que ficam soterradas em meio à poeira.

Ri, e foi sincero. Por um segundo, pude respirar. Suspeitava que não fosse saber reagir em público. Mas rir me fez esquecer por um instante da sua ausência. O descompasso veio ao voltar para casa. O vazio pareceu até maior.

O incômodo não é ficar só, rodeado de silêncio, mas ficar sem você.

Sinto que preciso acostumar com o que é insuportável. E nem sei se é aceitação. Talvez exaurir das forças, como se num cabo de guerra, depois de muito resistir, aceitasse a lama.

Cheguei ao limiar. Soltei as mãos da corda. Estou em queda livre no irremediável.

...

Preciso dos seus cheiros. Cheiro de sorriso fácil. Cheiro de edredom lavado. Cheiro de bolo no forno. Cheiro de abraço quente no inverno. Cheiro de banheiro limpo. Cheiro de escrever com caneta azul. Cheiro de mão que frita cebola. Cheiro de barba suada depois da corrida. Cheiro de coentro cortado. Cheiro de seus lábios depois de comer pêssego na primavera. Cheiro de doce de banana com gengibre no fogo. Cheiro de nuvem asfixiante de desodorante. Cheiro de axila chorando no verão. Cheiro de sapato abafado depois do dia na faculdade. Cheiro de unha cortada. Cheiro de nuca. Cheiro dos dedos depois de descascar tangerina. Cheiro de bala de maçã verde. Cheiro macio de hidratante no cotovelo. Cheiro áspero de gosto de língua. Cheiro de umbigo. Cheiro de porra. Cheiro de creme de barbear. Cheiro de cueca usada. Cheiro de estar junto. Cheiro de banho tomado. Cheiro de plantas molhadas na varanda. Cheiro de seu retorno de viagem. Volta, Miguel...

...

Para onde olho, só encontro névoa. Londrina tragada pelo sem-fim de ínfimas gotas em suspensão. Horizonte esfumado e sem contornos definidos. Os postes lançam feixes alaranjados na imaterialidade quase palpável da neblina. Carros perdidos rasgam o vazio opaco das ruas. O cemitério encoberto, sempre quieto e silencioso.

Assisto à noite da varanda, onde em outros invernos me abraçou, esquentando meu corpo com o casaco grosso de tricô listrado. Queixo ancorado em minha cabeça. Ambos calados, contemplando a paisagem de tantos prédios. Som ofegante da respiração, na calmaria da madrugada.

Vestido no casaco de tricô listrado, sinto-me abraçado.

Recordo de cenas na mesma varanda, repetidas em diferentes estações. Nas noites de ar seco e quente, corpos sem camisa grudados pelo suor. Samambaia agitada fazendo cócegas no vento.

Esta madrugada é igual a tantas outras, com a diferença de que não somos mais nós, apenas e somente:

[silêncio]